集英社文庫

罅《ひび》・街《まち》の詩《うた》

北方謙三

集英社版

罅《ひび》・街《まち》の詩《うた》——目次

この作品は一九九七年一〇月、集英社より「鱒」として刊行されました。

罅_{ひび}・街_{まち}の詩_{うた}

第一章　岩

1

防潮堤の真下が、雨をしのぐのには恰好《かっこう》の場所だった。

私は砂が乾《かわ》いたところを選んで、ぶらさげていたバッグを放り出し、腰を降ろした。それほど激しい雨ではないが、海面は煙《けむ》ったように見える。

砂に突き刺さるような雨滴《うてき》が靴《くつ》のそばにいくつか落ちてきたが、服は濡《ぬ》れなかった。防潮堤のコンクリートに寄りかかり、膝《ひざ》を立てて引き寄せ、私は煙草《たばこ》に火をつけた。

街へは、午後三時四十分の列車で着いた。駅から海岸まで、歩いて十分という程度だろうか。商店街の下り坂になっていて、その坂の底に海が見えるという感じだった。雨は商店街の途中で降りはじめ、すぐに雨脚《あまあし》が強くなったのだった。

すでに台風のシーズンで、浜辺に海水浴客の姿などなかった。黒々と見える藻《も》や、板きれなどが打ちあげられている浜があるだけだ。いくらか荒れ気味の海だろうが、雨のせいかそれほど激しい波とも感じられなかった。

私はくわえ煙草のまま、眼を閉じた。そうしていると、雨の音と波の音がはっきりと聞き分けられる。雨が、やみかかってはまた強く降り出すのもわかる。しばらくそうしていた。唇《くちびる》が熱い。くわえたままの煙草が、短くなってきたようだ。両切りのピースだから、フィルターのところで火が消えるということはない。私は、煙草を息で吹き飛ばした。

もうしばらく待っても雨がやまなければ、商店街の方に引き返そうと、私は考えはじめていた。のんびりした姿勢を一応はとってみるが、十五分とじっとしていられない。気が短い自分の性格は、知り尽していた。

それでも、もう一本煙草を喫《す》おうと思うぐらいの、心の余裕はあった。

眼を閉じて煙《けむり》を吐《は》く。それが、あまり煙草をうまくしないことはわかっていた。見えない煙というやつは、暗闇《くらやみ》の食事と同じだ。

いまは、波の音と雨の音の方が大事だ。それに風の音が混じれば、もっといい。眼を閉じ続けていた。混じってきたのは、別の音だった。

砂を踏む音。雨の音は小さくなってはいない。

私は眼を開けた。

ちょうど私の四メートルほど前を、青年が歩いていくところだった。Tシャツは濡れて張りつき、肌の色が透けたようになっている。ジーンズも濡れて、濃いブルーに見えた。表情はよくわからない。

歩きながら、青年はTシャツを脱ぎ捨てた。靴も脱いだようだ。上半身裸のジーンズ姿のまま、青年は海に入っていった。しばらく海の中を歩き、腰のあたりまでの深みに達すると、躰《からだ》を投げ出して泳ぎはじめた。

物好きなことをする、という気持のまま、私は煙を吐き続けていた。

三、四百メートルほどさきに、小さな岩礁《がんしょう》が見える。目指しているのはそこらしかった。我武者羅《がむしゃら》な感じはあるが、泳ぎは達者そうだった。沖に溺者《できしゃ》がいて救助にむかっている、と見えなくもない。

私が目測して感じているより、岩礁は遠いようだった。半分も進んでいないうちに、青年の頭はひどく小さくしか見えなくなった。波というより、うねりに隠されて、その頭もしばしば見えなくなる。

防潮堤から、人が飛び降りてくる気配《けはい》があった。赤いポロシャツを着た青年だった。閉じているが片手に傘《かさ》を持っていて、それほど濡れてもいない。その青年は私の姿に気づいたが、眼が合うと顔をそむけ、もう私の方を見ようとはしなかった。

赤いポロシャツを脱ぎ、雨が当たらないように防潮堤の下に丁寧《ていねい》に置くと、ズボンも脱いだ。濡れたブルージーンのような色の、水泳パンツを穿《は》いている。

波打際まで歩く間に、青年は二、三度体操をするような素ぶりを見せた。それから海へ入っていく。別に慌《あわ》てているようには見えなかった。陽《ひ》ざしが強ければ、季節遅れの海水浴と見えなくもない。もうちょっと波の荒い海岸なら、サーファーと言ってもいい。

ジーンズを穿いたまま泳いでいる青年と同じように、やはり沖の岩礁を目指しているようだった。ただ、追いかけているようには見えない。水泳パンツの方が、ずっと穏やかな泳ぎ方をしていた。

私は、三本目の煙草に火をつけた。

泳ぎが不得手《ふえて》というわけではないが、夏の盛りであっても、私はあの岩礁まで泳ごうと思いそうではなかった。あそこまで泳げば、さらに沖まで泳ぎたくなる。そして、決して戻ることができないところまで、泳いでしまう。

三本目の煙草を喫い終えても、二人はまだ泳いでいた。二人の間の距離が縮まったのかどうか、私のいるところから見きわめることはできない。

どちらかが岩礁に到達するのを、待つような気分になった。

雨の中で、なんとか小さな人影が見てとれた。岩礁を這《は》い登っている。ジーンズを穿いた方だった。歩いて登れそうな岩礁に見えるが、そばへ行けば意外にてこずるのかもしれない。青年の動きに、泳いでいた時のような我武者羅なものはなかった。

水泳パンツの方が、岩礁に到達するのを、私は待った。岩礁の周《まわ》りの海面は、白く泡立っているようだ。波が寄せては引き、岩礁にとりつくのさえ危険なのかもしれない。

四本目の煙草に、私は火をつけた。水泳パンツの方の姿を見失った。眼をこらして海面を舐《な》めるように眺《なが》め、ようやく波間に小さな頭を見つけた。進んでいるようには見えなかった。といって、溺《おぼ》れかかっている切迫さもない。

煙草を喫い終え、かなりの時間が経《た》っても、水泳パンツの方は岩礁に到着しなかった。どれほどの時間、泳ぎ続けているのだろうか。私は、ほんの小さく見えていた頭が、少しずつ大きくなってくるのに気づいた。岩礁まで行かず、途中で引き返しはじめたようだ。ジーンズを穿いた方は、岩礁に腰を降ろしてそれを眺めている。

どちらに賭《か》けたというわけでもないのに、馬券がはずれたような気分に私は襲われた。風はあまりないが、雲の動きが激しい。西の端の空は明るくなりはじめ、雨は小降りになっていた。

打ちあげられた藻の臭《にお》いが漂ってくる。いままで、雨が臭いを消していたのか。それとも、気づかなかったのか。海水浴の季節を過ぎた浜は、湿って、傷だらけで、死んだ巨大な動物の腸《はらわた》さながらの腐臭《ふしゅう》を放《はな》っているようにさえ思えた。

水泳パンツの青年が、波の中に立った。膝で海水を蹴《け》りながら、波打際にあがってくる。それを確かめたように、岩礁にいた青年も海に飛びこんだ。

浜にあがってきた青年の肩は、激しく上下していた。私と眼を合わせようとはしない。そのまま赤いポロシャツを着こみ、ズボンを穿いた。濡れないように置いたのが、まったく無駄《むだ》になったようだ。シャツにもズボンにも、点々と海水のしみが出てきた。傘を持ってから、青年は空を見あげ、雨があがっていることにはじめて気づいたようだった。濡れた髪を、何度か掌《てのひら》で撫《な》でつけた。滴《したた》った水滴が、またシャツに濃いしみを作った。

青年は、盗むような感じで私を一度見ると、そのまま歩きはじめた。肩は、まだ上下している。私は、青年の後ろ姿を眺めていた。藻に足をからませたのか、一度転びそうになり、上体を立て直すと、またゆっくりと歩きはじめた。自分に舌打ちをしている。ことさらゆっくりした青年の歩調を見ながら、私はそう思った。

ジーンズの青年が戻ってきた。夏の間によく灼《や》いたのか、肌は褐色《かっしょく》だった。大胸筋がぐっと張り出している。私も、二十代のはじめのころは、そんな筋肉をしていた。

「よほど、泳ぎが好きらしいな」

雨で濡れたTシャツを搾《しぼ》りはじめた青年に、私はそう声をかけた。青年は、波打際近くまで戻ってきた時に、私の姿には気づいていた。

「いつから、見てたんだよ？」

「君が、俺《おれ》の前を通りすぎた時からさ」

「ずっとそこにいたってのか。じゃ、勝負を見てたわけだ」

岩礁まで行けるかどうか。そういう勝負をしたのだろうか。どちらが先に着けるかという勝負ではなかった。

「六戦六勝。軽いもんだね。四月からはじめた勝負だけどよ」

「金でも賭けてるのか？」

「もっといいもんさ」

「相手も、岩礁に泳ぎ着いてきたら？」

「それからまた沖へ泳ぐんだ。沖にゃもう岩礁もねえしさ。どこまでも沖へ泳ぐ。だけど、岩礁から百メートルも泳がねえうちに、みんな引き返すよ。先になんにもねえってのは、怕《こわ》いもんだからよ。引き返したら負けさ」

「君は、怕くないのか？」

「死ぬのは、怕くねえ。怕くて、こんな勝負がやれるかよ」

青年はまだ息を弾《はず》ませていたが、表情は明るかった。光が強くなったせいかもしれない。雲が割れ、陽が射《さ》しはじめている。

「いつも、荒れた海でやるのか？」

「いや。前の晩に勝負の約束をする。翌日の天気がどうだかわからねえ。あいつはましな方さ。荒れてても逃げなかったからよ」

「死ぬのは、怕いだろう？」

「怕くねえな」

「そんな人間が、いるのかな」

「ここに、ひとりだけな」

青年が笑い、搾って皺《しわ》だらけになったTシャツを着こんだ。

「あんな岩に、大事なものを賭けるのか？」

「なにを賭けてるかも、知らねえくせに。それに、あんな岩だからいいんだ。あんな岩だから、誰《だれ》だって勝負してみようかと思う。海のそばの街じゃ、泳げねえやつはいねえし」

「ジーパンじゃ、かなりハンディがあるだろう？」

「下に、水泳パンツ穿いてんのさ。岩礁からさらに沖へ泳ぐ時は、ジーパンを脱ぐ。はじめから水泳パンツ穿いてたやつは、それで焦《あせ》るしな」

「ただの命知らずってだけじゃなく、いろいろ計算もしているわけだ」

私が言うと、青年は鼻で笑った。

「煙草、一本くれねえか？」

私はピースを出してやった。くわえ、火をつけ、鼻から煙を吐きながら、青年がにやりと笑う。

「おかしいのか？」

「あんたじゃねえ。野郎さ。でかい口利《き》きながら、岩礁までも来れやしねえ。あれじゃ、女は惚《ほ》れやしねえやな」

「女を、賭けてるのか？」

「女が、この勝負をやらせたがるんだ。三度目ぐらいから、熱中しはじめたね。といって、見物に来るわけじゃねえんだが」

私は、青年の顔をじっと見つめた。どこにでもいそうな、ちょっと逞《たくま》しいサーファーといったところだ。眼に、それほど真剣な光はない。泳ぎには、充分自信を持っているのだろう。

「なんだよ？」

「別に。また会いそうだ」

「どういうことだよ？」

「いま、なんとなくそんな気がしただけさ」

私は腰をあげ、ズボンの砂を掌で払った。

バッグをぶらさげ、もう一度青年の顔を見ると、砂の上を歩きはじめた。やはり、藻が強い臭いを放っている。腐臭としか、私には思えなかった。

2

一泊二食付きの、小さなペンションに泊《とま》った。季節はずれのせいか、若い三人の女の子のグループがいるだけだ。それでも、食堂は充分に賑《にぎや》かだった。

私がペンションを出たのは、十時過ぎだった。街のはずれにあり、人気《ひとけ》のない通りを二十分ほど歩いた。

ようやく、明るい場所へ出た。酒場の看板が並んだ通りだ。屋台も三、四軒あった。人の姿はそれほど多くないが、東京から列車で三時間も離れた地方都市なら、こんなものだろう。

私は、目的の店をすぐに見つけ、扉を押した。カウベルの音がする。

「また、会ったな」

カウンターに腰を降ろし、私は赤いベストを着こんだ青年に言った。

「俺がここのバーテンだって、あんた最初から知ってたのかよ」

「いや、はじめての街だし。話しながら、また会うとなんとなく思っただけだよ。そういうカンは、はずれたことがなくてね」

客はカウンターにもうひとり。ボックス席に二組の五人。女の子は二人だ。

「バーテンの腕は、どうなのかな?」

「なんにしましょう？」

青年の口調が、客に対するものになった。どこにでもいそうなバーテンだ。女は、ひとりが二十七、八。もうひとりは少女のようにあどけなかった。歳上《としうえ》の女の方は、格別に美人というわけではないが、受け口と細い眼がそそるようで、躰全体から淫《みだ》らな雰囲気《ふんいき》が滲《にじ》み出していた。それは色気というには暗く、湿っていて、どこか病的な感じさえあった。

「ビールだな」

「なんだ。それじゃバーテンの腕の見せどころは、泡をどれぐらいに注《つ》ぐかってことだけだな」

「それも、難しいもんだろう」

「まあね。冷え具合にもよるし」

青年が、グラスにビールを注いだ。泡の具合はちょうどよかった。

「お客さん、仕事ですか？」

「違うように見えるか？」

「ネクタイしてないじゃないですか。シャツだって、柄《がら》ものだし」

「ネクタイを締《し》めて、やるような仕事じゃないってことさ」

「この街には、長く？」

「仕事が終るまでさ。終れば、いる意味もなくなる」

「違いないや」

歳上の女の方が、そばへ来て、理沙《りさ》と名乗った。私の掌に、指で漢字を書いてみせた。本名は一昨日《おととい》聞いたが、忘れてしまった。こういう酒場では、理沙という名前がかえって田舎《いなか》臭く感じられる。

「飲むか？」

「ブランデー、いい？」

「いいともさ。ただしシングルでな。君とは、まだダブルで奢《おご》るような仲じゃない」

「キザなこと言うんだ、この人」

言った理沙の頰《ほお》に、私は軽く掌を当てた。化粧《けしょう》は、かなり濃い。

「東京から来たお客さんって、ほんとに上手だから困っちゃう」

「年寄りに、かわいがられた躰だな」

理沙の全身を見回して、私は言った。

「あら、わかる？」

束《つか》の間《ま》沈黙してから、理沙が言った。

「若い男とも、充分やってる。俺は好きだぜ、そんな女の躰」

私が予想した通り、理沙はあまり強い反撥《はんぱつ》はしなかった。かえって、私に興味を抱いた気配すらある。

「あの子、今夜、俺と付き合ってくれるかな？」

理沙が奥の席へ行った。

「お客さんね、軽く遊ぼうなんて思わないでくださいよ」

「金は払うさ」

「そんな女じゃねえんですよ」

青年が、カウンターに身を乗り出し、低い声で言った。声を抑えた分だけ、怒りもこめられているようだ。

「彼女に訊《き》いてみなきゃ、そんなことはわからんだろう」

「訊いたら、あんたが笑われることになりますよ」

青年の反撥はどこか一途《いちず》で、滑稽《こっけい》な感じさえあった。

「若いなあ」

「といったって、ガキじゃねえですからね。お客さんより、体力はある」

「そんなに、あの女が好きか？」

「えっ」

「君は、あの女を賭けて、岩礁まで泳いでるんだろう。言い寄って、落としかけた男が六人、君と競って泳いだってわけだ」

「お客さん、あの時から、俺のことを知ってたんですか？」

「いや。防潮堤の下で、雨宿りをしてただけさ。その俺の眼の前で、君が泳ぎはじめた。だから、君の体力がどんなものかもわかってる。それで、若いと言ったのさ」

青年が、なにか言いかけた時、ボックス席にいた理沙が戻ってきた。

「俺が、泳いでもいいかね？」

「知ってるの？」

理沙の眼が、ちょっと光った。やはり、淫らな感じの光り方だ。

「泳げば、俺の言うことを聞くかい？」

「勝てばね」

理沙が、ちょっと下唇を舐める。男同士にこんな争いをさせて、快感を感じるタイプの女のようだ。それに溺れすぎている。面白がりすぎている。だから、私がここへ来ることになった。

「坊やも、ただみたいな給料で使われてるんだろう」

「俺は」

「いいさ。惚れた女のためだ」

カウンターに額をつけて眠っていた客が、急に顔をあげた。勘定、と大きな声で言い、周囲を見回した。どれだけ飲んだか知らないが、ひとり八千円の勘定はこの街では高いような気もする。

つられたように、ボックス席のひと組の客も帰っていった。残りのひと組は、若い女の子の友だちらしい。勝手に騒いでいた。

「儲《もう》かってるね」

理沙にむかって、私は言った。

この店のオーナーが、私の友人の、さらに友人という伝手《つて》を頼って、仕事を持ってきた。女をどうにかしろというのではなく、バーテンを追い出して欲しいという内容だった。マスター面《づら》で、女にまで手を出し、売りあげもごまかしている。馘《くび》にできないのは、女とオーナーの関係を、家族にバラすと脅《おど》されているからだ。

やくざにでも頼めばよさそうなものだが、地元の有力者で、警察関係の団体の役員までやっている身では、それが表沙汰《おもてざた》になればまた大変なことになる。店の評判は、いまのバーテンを雇《やと》ってから、悪くなる一方だ。それで、私に頼んできた。

話を全部信用したわけではなかった。バーテンを、なにか理由をつけて追い出す。それさえやればいいのだ。海で泳いでいた青年がそのバーテンだったというのは、滑稽な話の中に、滑稽な偶然をひとつ加えたにすぎない。

報酬《ほうしゅう》は二十万だった。それだけの退職金を出そうと言っても、バーテンは首をたてに振らなかったという。それがそのまま私の報酬に回ったわけで、悪い話ではなかった。

「ねえ、お仕事、なんなの？」

理沙が、私の肩に手をかけてくる。

「ヒモさ」

嘘《うそ》とは言いきれない。東京の私の部屋には、三日に一度はやってくる女がいて、食事の仕度から掃除、洗濯までしていく。一文の金も払ってはいない。食事の材料の金さえ、女が出しているのだ。

「ヒモって、どんな気分？」

「どうでもいいって気分だな」

「男の人って、ヒモが理想だなんてよく言うけど」

「女によりけりだ。君のヒモになれるなら、乗り換えてもいいな」

声をあげて、理沙が笑った。

「その坊やにゃ、君のヒモがついてるようだな」

「どういう意味？」

「首輪につけたヒモを、君がしっかり握ってるってことさ。働かせるだけじゃなく、芸までさせてるじゃないか」

「あんたな」

バーテンが、カウンターから出てこようとした。

「よしなさい。勝負は、あした泳いでつければいいじゃない」

理沙の口調は、命令に近かった。男を争わせて、喜んでいる女。魔性などというほど、強い魅力は感じない。性悪女で充分だ。私がこの街でどんな仕事をしようと、得をするのはこの女だろう。この店のオーナーに賢明さが残っているなら、女を追い出すことを考えるはずだ。バーテンの代りなど、いくらでも見つかる。

どうでもよかった。仕事の前渡金として五万受け取っている。仕事を済ませ、残りの十五万を受け取れば、私はバーテンのことも、この街のことも思い出さないだろう。

「明日の正午だ。いいな」

それだけ言い、私は腰をあげた。

店を出ても、すぐには帰らなかった。

バーテンが理沙の部屋に行けば面倒だと思ったが、最後に残った客たちと一緒に、理沙も出てきた。全員で車に乗りこんだから、これからどこかへ繰り出そうというのだろう。

この街の繁華街のネオンの灯は、すでに落ちはじめていた。

三十分ほど待つと、ようやくバーテンが出てきた。

「話があるんだがな」

背後から肩に手をかけると、バーテンはちょっと肩を竦《すく》めた。

「あんたか。なんだよ。明日の泳ぎ、やめたいってんじゃねえだろうな」

「いや、俺に勝たして欲しいって話さ。今日の夕方、おまえが勝負した男にも、明日の勝負のことは伝えた。ほかの連中も呼ぶそうだ。みんなの前で、俺に負けてくれよ」

「金でも出そうってのかい。馬鹿にするんじゃねえぞ」

「いつまでも、あの女のために泳ぎ続けるのか。いくら惚れたからったって、いい加減にしとかなきゃ、大怪我《おおけが》をするぜ」

「余計なお世話だよ」

言ったバーテンの鳩尾《みずおち》に、私はいきなり右の拳《こぶし》を叩《たた》きこんだ。バーテンは、前に躰を折り、それから路上に倒れた。脇腹《わきばら》の一カ所を狙《ねら》って、私は蹴りつけた。肋骨《ろっこつ》の折れる、確かな手応《てごた》えがあった。それを感じた時、私はもう背中をむけて歩きはじめていた。

タクシーで、ペンションまで帰った。

主人に言われていた通り、私は玄関に錠《じょう》を降ろし、大きな音をたてないように注意して、自分の部屋に入った。

3

翌日の十一時半に、私は海岸で待っていた。

折れた肋骨の痛みは、いまごろ一番ひどくなっているだろう。少なくとも一週間は、泳ぐなどということはできない。

腹を立てているに違いない。口惜《くや》しい思いもしているだろう。それでも、自分で招いたことだ。男の、薄汚れた欲望の中に、女に惚れることで自分から入ってきたのだ。

十一時四十五分を過ぎたころ、ゼロ半のバイクがトロトロと近づいてきた。海沿いの道は狭《せま》い遊歩道のようなもので、バイクか自転車でなければ入れない。国道は、街の上の方にあるのだ。

「ほう、泳げるのか？」

「きたねえよ。そう思わねえのかよ」

言ったバーテンにむかって、私は笑いかけた。かっとするのが、よくわかった。白い光。庖丁《ほうちょう》だった。私はそれをかわし、擦《す》れ違いざまに、膝をバーテンの腹に突きあげた。動きが止まる。肘《ひじ》。二、三メートル弾《はじ》き飛ばすのは、造作もなかった。

手首を踏みつけ、庖丁をもぎ取る。泣いている。私はそれを見ないようにした。

「行きな。おまえと勝負した連中が、もうすぐやってくるぜ」

「きたねえよ」

呻《うめ》くような声だった。

「大人のやり方ってやつさ。次には、もうちょっといい女に惚れろ」

「てめえの顔、忘れねえからな」

「俺は忘れるよ。おまえみたいなゴミ」

「てめえだって、ゴミじゃねえかよ」

「大人のゴミってやつさ。ガキのゴミじゃない」

「忘れねえからな」

「おまえと勝負して、負けた連中は、みんなそう思っただろうさ。口惜しくて、部屋へ帰って転げ回っただろう」

バーテンが、暴力沙汰には馴《な》れていないことは、昨夜《ゆうべ》カウンターを挟んでむかい合って、すぐにわかった。かっとした表情など決して見せず、外で話しましょうかなどと言ったら、私は仕事のやり方を変えていただろう。

暴力沙汰には馴れていなくて、好きでもないから、泳ぎなどという勝負の方法を考えたのかもしれない。

「その躰で、あの岩まで泳ぐと、死ぬかもしれんな。着く前に、溺れて死ぬよ。死ぬのが怕くない。そう言ってたな。俺と一緒に泳ごうじゃないか。引っ張っていくぞ。これから来る連中にも、死ぬまで泳げるんだってことを、見せてやれよ」

「てめえが、こんな怪我を」

「俺は、庖丁を持って突っかかってきたやつを、殴り倒しただけさ」

私はシャツを脱ぎ、ズボンも脱いだ。替えのズボンは持ってきていない。

バーテンは、海に入っていく私に、付いてこようとはしなかった。

腰のあたりまで歩き、私は泳ぎはじめた。

思ったほど、海水《みず》は冷たくなかった。朝から、よく晴れた日で、陽ざしは夏のものだった。波も穏やかだ。ゆっくりと、私は抜手《ぬきて》を切っていた。

岩が見える。見えるだけで、なかなか近づいてこない。

息があがってきた。ただ、あの岩まで泳ぎ着けるとは、なんとなくわかる。それからさき、私はさらに泳ぎ続けようとするだろうか。なにもない沖にむかって、泳げるだろうか。

やくざまがいの、私立探偵をはじめたのは、二年前だ。なぜそんなことをはじめたかは、思い出さないようにしていた。三十を前にした、私の転職だった。

二年、こんな仕事を続けていると、結構話は持ちこまれるようになってきた。女の問題とか、借金の問題とか、人間は思った以上にトラブルを抱えているものだ。

危険な目に遭《あ》ったことはある。それがほんとうに危険だとは、一度も思わなかった。

私にとっての、ほんとうの危険は、多分、いま泳いでいるようなことだろう。

岩まで行く。それは、岩があるからそれでいい。それからさき、どこまで泳ぎ続けられるのか。泳ごうとしてしまうのか。

口に入ってきた塩水を、私は勢いよく噴《ふ》き出した。波打際の方を振り返ったが、バーテンが泳いでくる気配はなかった。

仕事は終った。

これでバーテンが店に居坐《いすわ》ったとしても、追い出すのはたやすいことだ。いや、居坐りはしないだろう。惚れた女に、勝負もしなかったと言えるほど、あのバーテンは擦れてはいなかった。

さらに息が苦しくなった。

岩の細《こま》かい部分まで、見えはじめてくる。それでも、岩そのものが近づいたような気はしなかった。

仕事は終ったのに、なぜ泳ぎ続けているのか。泳ぎ着いたさきに、なにかが待っているのか。断片的に、そんなことを考えた。

この海には、あの岩がある。そう思うことにした。私は多分、あの岩までで動けなくなるだろう。それからさきへ泳ごう、などという気は起きてもこないだろう。そして、いくらか体力が回復すると、老人のようにゆっくり泳いで岸へ戻る。

この海には、あの岩があるのだ。

いつか、岩のない海を、泳ぐかもしれない。

いや、すでに泳ぎはじめているのか。この二年、そうやって泳いできたのか。

岩が、ようやくすぐ近くに見えてきた。私は、最後の力をふり絞って水を掻《か》いた。

指のさきが、岩に触れた。助かった、などとは思わなかった。この危険も、大したことではなかった。

そう思っただけだ。

第二章　街の詩

1

店に入った瞬間に、私は自分が受け取ることになっている報酬《ほうしゅう》が、安すぎるかもしれない、という気持に襲われた。

若い連中がたむろし、踊り回っているような店だろう、と見当をつけてきたのだ。むしろ、うらぶれた感じの、安直な酒場という雰囲気《ふんいき》だった。壁には、煙草《たばこ》の煙《けむり》ですっかり褐色《かっしょく》になってしまった、バラの造花がかけてある。

私はカウンターに腰を降ろし、水割りを頼んだ。バーテンは五十年配で、オールバックにした髪の半分は白いようだ。客は、私のほかにもうひとりいるだけだった。かなり酔《よ》っているらしく、口の中でなにか低く呟《つぶや》き続けている。

「何時までだい？」

「一応、二時ってことになってますが」

「一応ね」

言った私に、バーテンは水割りを置きながら、ちょっと眼をくれた。

うまくもまずくもない水割りだった。私は煙草に火をつけ、酒棚《さかだな》に並んだ酒瓶《さかびん》や、トイレの入口や、陳腐《ちんぷ》な飾り物の類《たぐ》いに眼をやった。バーテンは、グラスを洗いはじめている。ほかに客が入ってくる気配《けはい》はなく、入ってきたくなる店とも思えなかった。店の名からして『ター坊』というのだ。

煙草を一本喫《す》い、水割りを一杯飲み干した。私が言うまで、バーテンは新しい水割りを作ろうとはしなかった。

「商売やろうって気、あるのかね？」

「うちは、頼まれもしないものを、出さねえってだけでしてね」

「女のいるクラブなんかより、ずっと良心的だと言ってるわけだ」

「まあね」

こういう雰囲気が売り物の店、とも考えられる。それにしても、客は少なかった。

ドアが開いた。客ではなかった。

「マスター、ハーパーのボトル、一本貸してください」

刷毛《はけ》のような付け睫《まつげ》の、年齢不詳の女だった。声がしわがれているのが、老《ふ》けているかとはかぎらないようだ。バーテンが、ハーパーのボトルを一本置いた。

「あんたの店か、今川《いまがわ》さん」

つまらない飾り物と一緒に壁にかけてある営業許可証の名を、私は言ってみた。かすかに、バーテンが頷《うなず》く。

「十二時を過ぎると、若い連中が集まってくるようだね」

「客は、いつもいますよ」

「十二時過ぎには、客の質が変るって話じゃないか」

「このところ、若いお客さんは多いですがね。タクシーはつかまらねえし、始発の電車まで時間を潰《つぶ》そうって連中でしょう」

「店は、それまで開いてる？」

「私が、始発で帰りますんでね」

今川は、またグラスを洗いはじめた。グラスを洗うのが趣味なのか。汚れたグラスは、ほとんどないはずだ。

「さっきの女は？」

「地下の店ですよ。ああいうのが、三人いますぜ」

「あまり、ぞっとしないな」

「女は女ですよ」

はじめて、今川の口もとが綻《ほころ》んだ。

私は二杯目の水割りを飲み干し、三杯目を頼んだ。そろそろ十二時で、私の待ち人も現われるかもしれない。

「帰るぞ」

カウンターで呟いていた男が、大声を出した。今川が告げた勘定は、安いものだった。

二人だけになった。音楽さえない店だ。酔っ払いの呟きが、いいBGMになっていたのがよくわかる。

「静かだね」

「まあね。音楽を入れた方がいいって客もいるんですが、私はこれが好きでね」

「いまは、どの店もうるさすぎる。ここに集まる連中は、音なんてもんに関心はないのかな」

「さあね。音楽を聴きたきゃ、ほかの店に行けばいいんだから」

今川が煙草をくわえた。私と同じショートピースだが、缶《かん》入りだった。私は、三杯目の水割りにちょっとだけ口をつけた。

「お客さん、車でしょう？」

「どうしてわかる？」

「入ってきた時、キーを手に持ってましたよ。まあ、どうでもいいが」

「飲ませた方も、なにか言われるんじゃなかったかな」

「知ってりゃね。私は、なにも知りませんよ。これから来る連中についても」

「気を持たせるじゃないか」

私は、カウンターの端にあった、革のカップを手にとった。ダイスが五つ入っている。カップを、正式にはなんというのか知らなかった。振って、ダイスをカウンターに放り出す。

「いい目じゃないな」

今川が煙を吐《は》きながら言った。私は、またちょっと水割りを口に含んだ。もう一度、ダイスを振ろうとは思わなかった。

奇妙な沈黙の時間が流れた。ちょっとの間、私はそれに耐えることにした。かすかに、水の流れる音が聞える。ドアの外では、人の声も聞える。その分だけ、店の中の静けさは際立《きわだ》った。今川は私と睨《にら》み合うというような恰好《かっこう》ではなく、と言って沈黙を気にしているようでもなかった。カウンターや壁や酒棚の安物の飾りと同じように、ただじっと立っているだけだ。私は、飾り物をひとつずつ点検しはじめた。観光地の土産物屋で売っているような置物が四つ、カレンダーの絵でも切って入れたような額が二つ、小さな人形が三つ、酒瓶の中の帆船《はんせん》、古い蛇腹《じゃばら》式のカメラ、砂時計。それらのみんなが、疲れきった男の人生のように、埃《ほこり》を被《かぶ》ってひっそりとしていた。こうして見ると、安直な店の造りも悪いものではなかった。

ドアが開いた。

四人の若い男が入ってきて、奥のボックスに陣取った。私の待ち人は、その中にはいなかった。今川が、カウンターを出て註文《ちゅうもん》を取りに行った。オン・ザ・ロックが三つと、トマトジュースがひとつだ。

男たちは、二十代の前半に見えた。もしかすると、十代の少年も入っているかもしれない。囁《ささや》くように言葉を交わし合っているだけで、騒ぎたてる雰囲気はなかった。

十分ほど経《た》ち、男のひとりがオン・ザ・ロックのお代りをした時、またドアが開いた。入ってきたのは四人で、私以外の客は八人になった。みんな仲間のようだが、馬鹿騒ぎをするような雰囲気は、やはりない。

「勘定を」

註文を取って戻ってきた今川に、私は言った。水割り三杯で千六百円。やはり安いと言うべきだろう。二千円出し、四百円の釣《つ》りを私は小銭入れに放りこんだ。

スツールから腰をあげる私を、今川は見ようともしなかった。

私はドアの方へではなく、八人がたむろしている奥の席の方へ歩いて行った。トイレとも方向が違う。八人の眼が、私の方にむいた。

「坂崎《さかざき》君だね？」

八人の中のひとりだけを見て、私は声をかけた。写真でしか見ていないが、すぐにわかった。

「坂崎英明《ひであき》君だろう？」

「だったら？」

坂崎英明は、服装も大人っぽく、喋《しゃべ》り方もいくらか暗い感じだった。両親が、私に見せた写真と較《くら》べればだ。

「俺《おれ》は浅生《あそう》って者だが」

「知らないね」

「会うのは、はじめてさ。だから、坂崎君かと訊《き》いてる」

「だったら」

「俺と一緒に、帰ろう」

坂崎英明は、ちょっと戸惑《とまど》ったような表情を見せた。ほかの連中は、なにも言わず私を見つめている。

「いつ、どこへ帰るんだい？」

「いますぐ、君の家へだ」

「なぜ？」

「知らんね」

「どういう意味だ、そりゃ？」

「俺は、仕事をしているだけだ。君を連れて帰るのが、つまり俺の仕事ってわけさ」

「親が頼んだことかい？」

「誰《だれ》に頼まれたかは、言わないことにしている。つまり、それが職業上の倫理ってやつでね」

「帰らない、と言ったら？」

「あまり、手間はかけさせるなよ」

実際のところ、店に入ってきた瞬間に感じた、自分の報酬が安すぎるかもしれないという予感が、ほんとうになりそうだった。悪い友だちに誘いこまれた息子を、などとよく言ったものだ。八人の中には、きちんとした序列もあり、少年とは言えない男も四人混じっている。坂崎英明は十八歳で、八人の中では一番年少のように見えた。

「帰ろうぜ」

仕事だから、くり返し言っているようなものだった。英明が簡単に従うとは、声をかけた時から思っていない。

「外に出ようか」

低い声で、英明が言った。

「帰るんじゃなく、ちょっとだけ外に出ようか」

「帰るのさ、君は」

「しつこい人だな、浅生さん」

「仕事だからな」

英明が立ちあがった。英明ひとりが相手なら、どうにでもなりそうだった。甘く見ずに、仲間がどういう連中か、確かめてから来るべきだった。ただ、それだけの手間をかけるほどの報酬を、告げられてはいなかった。連れ戻して、たった三万なのだ。

「表に出るのが怕《こわ》いなら、消えちまえよ」

「ガキは、もうちょっと大人に丁寧《ていねい》にするもんだぜ」

「わかったよ。ここで這《は》いつくばりたいってんだな」

「俺に、手荒なことはさせるなよ、坂崎君」

英明が、一歩踏み出してきた。

「やめな、ヒデ」

一番年嵩《としかさ》の男が、無表情に言った。それでも、せいぜい二十五、六といったところだろう。

「もう行こう。おまえも付いてこい」

残りの連中が立ちあがった。英明に歩み寄ろうとした私を、ひとりがさりげなく遮《さえぎ》った。

英明が四人に包みこまれる。立ち塞《ふさが》った男を、私は押しのけた。男の躰《からだ》は軽く動いたが、英明に手をのばそうとすると、また遮ってくる。肘《ひじ》で弾《はじ》いた。それは、男の腕でブロックされていた。

男の視線が、動かなくなった。一歩前へ出ようとすると、顎《あご》に衝撃が来た。軽い左のジャブ。かろうじて、見ることはできた。私は膝《ひざ》をついていて、頭の中に打たれた時の音が響いているような気分に襲われていた。膝を立てる。見えるパンチは、かわせないはずはないのだ。

ジャブ。かわした。腹に、したたかな衝撃が来た。一瞬、呼吸が止まり、私は両膝をついてうずくまった。左のジャブの次の右のアッパー気味のパンチ。それも見えた。なかなかのハードパンチャーだが、スピードはそれほどない。私は二、三度肩で息をし、英明がどこにいるかだけ、顔をあげて確かめた。ドアのところに、四人に囲まれるようにして立っている。

ゆっくりと、私は立ちあがった。左右のジャブとストレート。かわした。打った男が、かっと頭に血を昇らせるのがわかった。

「もういい、行くぞ」

年嵩の男の声。英明を囲んだ一団がまず出て行き、それから年嵩の男と、ハードパンチャーが出ていった。

店の中が、また静かになった。

「休んでいいかね？」

スツールを指して、私は言った。ここはあいてるか、と訊かれでもしたように、今川は無表情に頷いた。

腰を降ろし、煙草に火をつけた。

「飲むかね、浅生さん？」

「いや、やめとこう」

「あんた、なぜ殴《なぐ》り返さなかった？」

「殴り返すほどの、報酬は貰《もら》ってないんでね。殴られるのも、せいぜい二発までさ」

「殴られたって証明書を、私に書けなんて言い出すんじゃあるまいな」

「ほんとなら、そうして貰いたいぐらいだ。あいつ、俺の眼のまわりに痣《あざ》でも作ってくれりゃよかったのに、ボディを打ちやがった。これじゃ、殴られたってのを、信用して貰えるかどうかわからん」

「大して、効《き》いてないようだね」

「効いた、と思わせておくことさ。なにも、目一杯やり合うのが仕事じゃないしな」

煙草が、短くなってきた。かすかな吐き気がある。あれだけのボディ・ブローを食らったにしては、ましな方だろう。

「飲んでいけよ」

「やけに親切だね、マスター」

「憐《あわ》れな人間には、親切にすることにしてる。あんた、まともに一発は食らったんだから」

「仕事だからさ」

「仕事ね」

今川が、ちょっと肩を竦《すく》めるような仕草をした。

「あの連中は？」

「あんたが客だって程度に、あの連中も客さ。高級なクラブじゃない。勘定さえ払ってくれりゃ、あとはなにも知らないね。知ったって仕方ねえんだから」

私は煙草を揉《も》み消し、もう一本くわえて火をつけた。

2

坂崎家は、根岸《ねぎし》の住宅街の一角にあった。

大した造りではないが、土地は百坪近くあり、それだけでもかなりの財産だと思えた。

英明は、ひとり息子だ。

チャイムを押すと、英明の母親が出てきた。私は応接間に通され、そこでしばらく待たされた。家具はそれほどでもないが、部屋は古びていて、窓のアルミサッシュや天井からぶらさがっているシャンデリアが、場違いに新しかった。

「悪い友だちというのが、どういう種類の友だちか御存知《ごぞんじ》で、私に仕事を依頼されましたね？」

「どういう種類とおっしゃいますと？」

英明の母親は、まだ四十をひとつか二つ過ぎただけで、女としての魅力は充分に持っていた。父親が五十で、中堅の建設会社の平《ひら》取締役だ。まあまあの出世というところだろう。

「立派な大人がリーダーの、十人近いグループでしたよ。依頼を受けた時は、不良少年のグループって感じでしたがね」

「そう思っておりましたが」

「あれが不良少年なら、世間で言うやくざなる人種も、かわいい不良少年ですな」

「やくざの仲間に、英明は入っている、といわれるんですか？」

「近いものがありますね。正直なところ」

かすかに母親が嘆息《たんそく》を洩《も》らした。

「やくざ相手の仕事を引き受けたわけじゃありませんのでね。手を引かせていただきますよ。まあ、連れ戻せなかったわけですから、半額の一万五千円を払ってください。顎とボディにパンチを食らいましてね。まだ歯の嚙《か》み合わせが変だ」

「英明とは、会っていただいたんですね？」

「一応は、家に帰るようにと言いましたよ」

母親が立ちあがり、しばらくして一万円札をむき出しで三枚持ってきた。

「半額でいいんですよ、仕事を失敗した時は。もっとも、私の責任だけとは思っちゃいませんがね」

「御迷惑をかけた分」

「そうですか」

母親の気が変らないうちに、私は三万円を上着の内ポケットに突っこんだ。辞退しなければならない理由はない。

腰をあげ、頭をちょっと下げた。母親はまだなにか言いたそうだったが、愚痴《ぐち》をこぼす相手に選ばれるのはごめんだった。

外へ出ると、ポンコツのブルーバードに乗りこんだ。四万キロ走っているが、全体にくたびれたような感じがするだけで、故障したことはなかった。

都内の渋滞を我慢しながら、恵比寿《えびす》の部屋まで戻ってきた。一週間近く仕事にあぶれていて、ようやく入ってきた仕事だった。だから、三万円で不良少年の相手をしようという気にもなったのだ。

私は上着を脱ぎ、留守番電話のチェックをし、それからベッドに身を投げ出した。

ひとり暮しにしては、小綺麗《こぎれい》な生活をしている、と自分でも思う。合鍵《あいかぎ》を持っている女がいて、掃除など勝手にやってしまうからだ。冷蔵庫の中にも、大抵《たいてい》私に必要なものは収《しま》いこまれている。

そんな状態になって、二年半以上になるが、私を好きでそうしているのか、母性本能に駈《か》られてしまったのか、いまだに判断はつかなかった。いまのところ、私には便利な女だ。

女が便利なだけの存在であり得ないことは、この仕事をはじめてから、いやというほどわかった。いずれ、私も手痛い目に遭《あ》うのかもしれない。どうでもよかった。二年前、自分の人生を投げたような気分でこの仕事をはじめてから、すべてがどうでもよかった。

二年前まで、私は大手商社の営業部員だった。特に優秀というわけではなかったが、そこそこの出世はしそうなポジションにいた。

なにかがあって、会社を辞めたというわけではなかった。ただ、二十五歳のころ、自分が少しずつ死んでいく、とふと感じた。その感じは五年間変ることはなく、そして五年目に、死んでしまったと思ったのだ。

あの時の感じを、いまはもう思い出せもしない。

電話が鳴った。

留守番電話のままにしてあったので、テープが回り、相手の声がスピーカーから流れてきた。私はベッドから素速く身を起こし、受話器をとった。

「いや、戻ったばかりでしてね。大変失礼しました」

「そうですか。実は」

坂崎英明の父親は、戸惑ったのかしばらく口籠《くちごも》っていた。

「奥さんに会って、一応の説明をしておきましたが」

「手を引くと言われたそうだが？」

「危険ですからね」

「トラブル処理も、浅生さんの仕事だと聞いたが」

「そうですよ」

「それなら」

「ボランティアで、トラブル処理をしているわけじゃないんですよ」

「報酬を払えばいいんだね」

「つまり、危険に見合った報酬です」

「会って、話したいんだが」

「いいですよ。会社に行きましょうか」

「いや」

坂崎は、都心のホテルのティルームを指定してきた。かなり慌《あわ》てているらしく、すぐに出なければならない時間だった。

私は上着を着、車のキーを摑《つか》んで外へ出た。

道路は混んでいたが、約束の時間には到着した。

坂崎は、ティルームの隅で、煙草の煙を吹きあげていた。窓から入る光が、やけにくっきりと煙のかたちを照らし出している。

「三万というのは、一応どの程度の腕か、ということを見るためだった」

私が註文する前に、坂崎は喋りはじめた。私は近づいてきたウェイトレスに、コーヒーを頼んだ。苛立《いらだ》ったように、坂崎が煙草に火をつける。

「断っておきますがね、俺は試されることが好きじゃない。ある程度は仕方がないことだとしても、一度きりでやめていただきたいですね」

「悪かった。君の腕を試しているような事態でもなかった」

「息子さんの仲間が、どういう連中か、はじめから御存知でしたね」

坂崎が、煙を吐きながら頷いた。私よりずっとヘビースモーカーだ。いや、そうなってしまったのだろう。

「連中と会われたことは？」

「ないよ。いや、見たことはある」

「つまり、見ただけで引き退《さ》がられたわけですな」

「情ない父親と思うかね」

「別に。不良少年というわけじゃない。傷つけられる立場もお持ちだ。あんな本格的な連中を見たら、引き退がるのが賢明ってもんですよ」

「父親でなければの話だな、それは」

「だから、俺は引き退がったというわけで」

かすかにこめた皮肉を、坂崎が理解したかどうかわからなかった。コーヒーが運ばれてきて、私は砂糖とミルクを入れて攪《か》き回す間、ひと言も喋らなかった。坂崎は、相変らず煙を吐き続けている。

「いくら、払えばいいんだろうか？」

「どういう仕事に対してですか？」

「それは、君」

「息子さんを連れ戻す。ただ連れ戻す。難しくはないでしょう。だが、連れ戻した息子さんを、檻《おり》にでも入れておくつもりですか」

「つまり、いまの仲間と手を切らせるのは、簡単じゃない、ということか？」

「息子さんに舞い戻る意思があり、舞い戻った息子さんを受け入れてくれる仲間がいればね。そう簡単に事が運ばないことは、考えりゃわかるでしょう」

「できるのか、息子を完全に連中と縁切りさせることが？」

「五体満足で？」

「どういう意味だ？」

「戻ってきた時、両手の小指が欠けている。そんな状態でもいいですか？」

「なにを、馬鹿な」

「俺のような人間じゃなく、警察に依頼することも考えたらどうですかね。その場合、息子さんも無事というわけにはいかないが、いい薬になるかもしれませんよ」

「いくら、出せばいい？」

「俺を使うんですか？」

「金額が折り合えば、仕事をする気がある。だからここへ来たんじゃないのかね」

「いくら、出してくれます？」

「百万。五十万は前渡しで、成功した時に五十万。つまり、息子が五体満足で家に戻ってくればだ」

「考えさせてください」

「いま、返事が欲しい。実は、金も用意してある」

私は、甘く温《ぬる》いコーヒーを飲み干し、煙草に火をつけた。百万単位の仕事は、半年ぶりといっていい。気持は動いた。それを悟《さと》られないように、私はゆっくりと煙を吐いた。

「二割、上乗せしよう。終った時、七十万だ。私の名前が出たりすることもない、という条件でね」

「六十万ずつ、払っていただけますか？」

「わかった」

百二十万の仕事。悪くはない。私が煙草を揉み消すと、坂崎は弾かれたように腰をあげた。トイレへでも行く気のようだ。

五分ほどで戻ってきた坂崎は、腰も降ろさず、封筒を私に渡して立ち去った。まるで、恐喝の金の受け渡しでもしたような感じだ。

私は十分ほどそこにいて、坂崎が払い忘れていった伝票を摑んで立ちあがった。もしかすると、払い忘れたのではなく、六十万の中から払っておけ、ということなのかもしれない。

私は、ポンコツのブルーバードで一旦《いったん》部屋へ戻り、五カ所ほどに電話を入れた。

それからは、夕方まで返事待ちだった。冷蔵庫のものを少し口に入れると、ただベッドに寝そべって、電話が鳴るのを待った。

最初の電話は、坂崎からだった。経過報告の方法などを、詳しく指示してくる。いかにも設計技師あがりという感じで、先が見えないと不安になるらしい。ただ、口調はもう落ち着いていた。

「この仕事、降りましょうか、坂崎さん」

「なにも、降りろと言ってるわけじゃない」

「心配なのはわかりますがね。俺は自分のやり方に口を出されるのが嫌いなんですよ。俺のやり方でやる。そうさせてくれませんか」

「わかったが、しかし」

「六十万の領収証は、郵送します。あとは、俺のやり方に任せてください。俺みたいな人間を雇《やと》うのは、どこかに賭《か》けの要素があるもんです。そして、雇う方には、賭けをしなければならないなにかがある。俺は、信用を落とすことをそれほどやっちゃいない。だから、俺を紹介する人もいるわけで」

坂崎に私を紹介したのは、前に仕事をしたことのある、マンションのオーナーだった。部屋に居ついてしまった女を、追い出すという仕事だった。オーナーが女に手をつけていたので、自分で言い出すことができなかったのだ。

「君のやり方が、そうだというなら」

「坂崎さんは、俺を一度試してもいるんですよ。それで充分でしょう」

「わかったよ」

「切りますよ。実は、いま情報を集めているところでしてね」

坂崎の方から切った。

すぐに、また電話が鳴った。一件の情報について、五千円から一万円。これも経費のうちだった。十万はかからずに済むだろう、と私は見当をつけていた。

六時を回ったころ、令子《れいこ》がやってきた。

例によって、冷蔵庫の補充だ。

「新しい仕事を、はじめたの？」

「わかるか？」

「顔に、そう描いてあるわ」

令子が笑った。彼女と知り合ったのは二年半前で、そのころ私は、まだまっとうな商社員だった。名刺の会社名が、すべてまっとうということであれば、文句のつけようがないほど、まっとうな人間だった。

二年前に会社をやめた時、私は彼女が別れていくものだ、と思いこんでいた。彼女も含めて、自分のそれまでの人生を投げ出してしまったのだ。

彼女がなぜ別れていかなかったのか、いまもわからない。訊いたこともない。

「これ、いくつか書きこみをしちゃったけど」

令子が、私のデスクから持っていった詩集を、ダイニングのテーブルに置いた。私のところにある本といえば、有名無名の詩人の、詩集だけだ。暇《ひま》な時、私はそれをなんとなく拡《ひろ》げている。

「じゃ、おまえにやるよ。書きこみをしたものを、見られたくはないだろうし」

「そう言うと思ってたんだけど、ごめんね。電車の中で、ほかのメモ持ってなかったし」

六十を超えた老女の、歌集だった。私はそれを、古本屋の棚で見つけた。買ったのは気《き》紛《まぐ》れだ。つまらなくはなかった。生々しい性の欲求が、印象的な言葉で表現されているのが面白くて、最後まで読んだのだ。令子が持っていったのも、気紛れからだろう。

「夕ごはん、一緒に食べる？」

「ああ。だけど、八時過ぎにゃ出かけなくちゃならない用事がある」

「いいわ、着替えは置いてあるから」

私の洋服簞笥《だんす》に、女ものの服が数枚ぶらさがっている。泊《とま》った翌朝の出勤で、服を替えていかなければならないらしい。勝手に来て、勝手に泊っていく。そんな日が、三日に一度はあった。抱くこともあれば、抱かないこともある。なにしろ、私がいようといまいと、お構いなしなのだ。

そのくせ、私の部屋に引越してこようとは、決してしないのだった。

自分が誰かの代りなのかもしれない、と何度か考えたことがある。二年半前、令子はほかの男の影を引き摺《ず》りながら私に出会った、と思えなくもない。

それも、訊いたことはなかった。

私はベッドに寝そべり、キッチンのもの音を聞きながら、電話で集めた情報を整理していた。

地回りでも、チンピラに近い男だった。

3

通行人に因縁《いんねん》をつけて、三度ほど逮捕されているが、起訴はされていない。つまり、どこにでもいる小悪党というやつだ。

そいつが路地に入りこむのを、私は待っていた。つまり、ただ肩で風を切って歩いているようなそいつを、宵《よい》の口からずっと尾行回《つけまわ》しているのだ。覚醒剤の売人もしている、と私は睨んでいた。

思った通り、そいつは繁華街からはずれると、小さな路地に入っていった。多分、路地の奥で、誰かに覚醒剤を売るのだろう。

末端の売人でさえ、私はやくざと呼ばれる人種に、ほとんど近づいていない。だから、顔も知られていない。私は、通りすがりの酔っ払いを装って、路地へ入っていった。

都会の路地は、規則正しい碁盤《ごばん》の目のようになっているところもあれば、迷路のようになっているところもある。古い建物が多いところは、大抵迷路だ。

男が、誰かと擦《す》れ違ったようだった。私はちょっと足を速め、建物をひとつ迂回《うかい》して、男の先回りをした。

口笛《くちぶえ》が聞えてくる。ひとりであることは、足音でわかった。私は、周囲に人の姿がないかどうか、確かめた。白く薄いレインコートを着こむ。コートを着ていても、おかしくはない季節だ。

出会い頭《がしら》に、男とぶつかるような恰好になった。次の瞬間、ポケット瓶のウイスキーを男の顔にぶちまけた。低い叫び。男が眼を両手で押さえる。股間《こかん》を蹴《け》りあげ、後頭部に一発ぶちこむのに、それほどの手間はかからなかった。

男のポケットを探《さぐ》る。小さな覚醒剤の包みが、四つ出てきた。男の胸ぐらを摑み、引き起こす。上着を頭から被せた恰好にし、眼隠しをした。男が気づいたようだ。

「ここらで、覚醒剤《シャブ》を撒《ま》くんじゃねえよ」

男の耳もとで言った。それからベルトに差したモンキースパナを出し、五、六度男の頭に叩《たた》きつけた。頭に被せた上着に、小さなしみが拡がった。男の喘《あえ》ぎ。

「今度見かけたら、これぐらいじゃ済まねえからな」

耳もとで囁き続ける。男が、上着をもぎ取ろうとした。袖《そで》には腕が通っているので、かえって深く被る恰好になった。

「甘く見るなよ、俺たちを」

立ちあがる。腹と股間を、続けざまに蹴りつける。頭から上着を被ったまま倒れた男は、芋虫《いもむし》のように躰をのたうたせた。

私は路地の角を曲がり、それからまたもうひとつ角を曲がって、大きな通りにむかった。

通りに出る前に、レインコートは脱ぎ、掌《てのひら》の中で小さく畳《たた》んだ。そうすると、ちょっと大きなポケットには、すっぽり入ってしまう。

自分の車のところまで戻ると、私はレインコートとスパナをトランクに放りこんだ。

これで、ひと仕事終ったことになる。

私は車をそのままにし、十五分ほど歩いて、『ター坊』のドアを押した。

客は三人いた。仕事のことかなにかで、盛んに議論をしている。私は、三人に背をむける恰好で、カウンターのスツールに腰を降ろした。

「オン・ザ・ロック」

今川はなにも言わず、頷いただけで氷を割りはじめた。

「あと一時間ばかりで、十二時か」

「毎日、ここで殴られるつもりかね、浅生さん？」

「俺がここで飲むのに、やつらは文句をつける筋合《すじあ》いじゃないだろう」

「私が、迷惑するね」

「迷惑って顔、してないぜ。それに、オン・ザ・ロックをちゃんと作ってくれた」

「こんなとこで店をやってると、時々退屈になったりしてね。人が殴られるのを眺《なが》めてるのも、なかなかいいもんさ」

「そんなタイプの男だろうと、はじめに会った時に思ったよ」

私はオン・ザ・ロックをちょっと口に含み、それから煙草に火をつけた。

「もうよせよ、帰ろうぜ」

今川ではなく、背後のボックスにいる客のひとりだった。コンピュータがどうのという話を、ほかの二人が熱心にやっている。

「明日も、仕事だぞ」

それでも、二人は議論をやめる様子はなかった。

店の中がしんとなったのは、男が二人入ってきた時だ。二人は、席につくでもなく店の中を見回し、なにも言わずに出ていった。

しばらく黙りこんでいた三人が、ちょっと言葉を交わすと、立ちあがって勘定を払った。

「なんだ、さっきの二人は？」

店の中は、昨夜《ゆうべ》のように静かになった。

「知らんね」

「地回りじゃないのか？」

「そんなの、私らが知っちゃいけねえんだよ。そういうもんさ」

「誰かを、捜してたな」

「それも、知っちゃいけねえ」

「まるで、知りたがってるように聞えるぜ」

私が言うと、今川は押し殺したような声で笑った。私は、一杯目のオン・ザ・ロックを飲み干した。

さっきの二人が捜していたのは、多分、白いレインコートを着た男だろう。事務所に駈けこんだあの男が、あることないことまくしたて、最後に、売り物の覚醒剤を奪われたことを報告した。あの怪我《けが》ならば、信用はされただろう。ただの喧嘩沙汰《けんかざた》とも思われなかったはずだ。

「ここに店を開いて、何年だね、今川さん？」

「そうさな。二十年ってとこかな」

「この造りで？」

「もとはね。いろいろ手を入れたところはあるが」

「ひとりで、適当にやっていく。考えてみりゃ、いい商売だ」

「動けなくなったよ。ここからさ。根が生《は》えちまったんだと、時々私は思うね。二十年の間、女を雇ったりしたこともあったが」

「大きな開発の対象にはならなかったらしいね、このあたりは」

「それでも、地主は土地を売ったって話だ。そのうち、立ち退《の》きの話でも出るんじゃねえかな」

「いろいろ、揉めそうなことがあるわけだ」

私の調査では、竹岡《たけおか》という男をリーダーにしたあの八人は、土地の買収や立ち退きに関する仕事をしているらしい。それを地元の暴力組織は、必ずしも歓迎してはいないようだ。オフィスビルばかりが建ってしまうと、自分たちが生きるドブ泥のような街ではなくなってしまう。

ただ八人は、慎重《しんちょう》に地元の組織とぶつからないようにしていた。雑居ビルが並べば、地元の組織も食いこむ余地があるわけで、竹岡はそのあたりをうまくコントロールしている気配だった。

そんなことも、当然今川は知っているだろう。知っていて、ただ眺めているのか、適当に竹岡に情報を流しているのか。竹岡がこの店を根城《ねじろ》にしているところをみると、案外後者かもしれない。

十二時近くになって、また二人入ってきた。さっき入ってきた男たちとは、違う顔だ。二人はカウンターに腰を降ろし、ビールを頼んだ。

「うちの若いのが、ひとり半殺しにされてね、マスター」

言った男は、チンピラではなかった。私は視線を合わせないようにしていた。

「白いコートを着てたってんだが、客でそんなのは？」

今川が、かすかに首を振ったように見えた。

「竹岡は？」

「今夜は、まだ」

「そうかい。ちょっと待たして貰ってもいいかな？」

また、今川が頷いたようだ。

私は煙草に火をつけ、すっかり氷が溶けてしまったオン・ザ・ロックを飲み干した。二杯目を頼む。男は私の方にちょっと眼をくれたようだが、私はカウンターに視線を落したままでいた。

「竹岡は、このあたりのビルはみんな、雑居ビルに建て替えられると言ってるんだが、どうもそうじゃないという噂《うわさ》も出てる」

「噂ね」

気がなさそうに、今川が言った。

「ただの噂で、俺たちも動く気はなかった。まあ、竹岡のやりたいように、やらせるつもりだったさ。噂がほんとうで、このあたりがオフィスビルばかりになると、俺らみてえな余計者《よけいもん》はいらねえってことになる」

「しかし、まだ買収が終ったわけでもねえでしょうが」

「あらかた終ったんじゃねえか、と俺は思ってる。そろそろ、竹岡と話してもいいころかもしれねえよ。とにかく、この三年、うちの縄張《シマ》内で若い者《もん》が襲われて、商売物まで奪われるなんてことは、なかったんだからな」

「喧嘩じゃないのかね、若い衆の」

「それならいいと、はじめは俺も思ったがね。どうも、一方的にやられてる。狙《ねら》われたとしか思えねえんだな」

男はビールを呷《あお》ったが、今川は新しく注《つ》ごうとはしなかった。男がどんな飲み方をするか、よく心得てるという気配だ。

私は、トイレに立ち、しばらくして席に戻った。二人の男は、なんの変化も見せなかった。

「なにか食いたいな、マスター」

「チーズぐらいなら」

私の前に来て、今川が言った。私は頷いた。男たち二人は、小声でなにか話合っている。極端に言葉が少ないので、意味は摑めなかった。

かなりきわどい綱渡りだ。あのチンピラをぶちのめしたのが私だとわかれば、少なくとも足腰が立たないようにされるだろう。殺される可能性さえある。

百二十万のために、私はこういう危険さえもいとわなくなった。二年前、トラブル処理という仕事をはじめたばかりのころは、もっと慎重だったものだ。

詩を書くように生きはじめた、と令子に一度言われたことがある。意味はよくわからなかった。詩を読みはじめたから、そう言われたのか、とも思った。

いまは、なんとなく自分なりに解釈している。私は街の中に、物語ではなく、詩を見つけたがっているのだ。いや、自分の生に、と言った方がいいかもしれない。抒情《じょじょう》的なもの、という意味ではない。言葉を切り詰め、ほとんど感性だけをむき出しにした表現。そんな生き方をしようとしている、と時々思うことがあった。

クラッカーに載《の》ったチーズの皿が、私の前に置かれた。私は、つまらないところに入りこみそうだった思考を、中止した。

私がどう生きるのか、考えても意味のないことだった。いまこうして、生きている。それだけのことだ。

カウンターの二人は、相変らず低い声で語り合っている。一本のビールは、いつまでも空きそうもなかった。

竹岡が入ってきたのは、一時過ぎだった。五人連れていて、その中に英明の姿もあった。六人とも、私の存在より、二人の男の存在に驚いたようだった。

「仕事の方は、うまく行ってるみてえだな、竹岡」

ひとりが、カウンターから振りむいて言った。

「なにか？」

「ちょっとばかり、落とし前をつけて貰いてえことがあってな。それで待ってた。いままで買収の交渉とは、熱心なことじゃねえか」

「まあ、俺も請負《うけお》った仕事ですから」

竹岡が、ちょっと頭を下げてスツールに腰を降ろそうとした。

「荒っぽいことも、かなりやってるじゃねえか」

「わけのわからないことを言い出すのも、いますんでね」

「そこに腰掛けるのは、俺の落とし前の話を受けてくれたからだな」

「永山《ながやま》さん、その落とし前ってのは、なんの話なんですか？」

「ただの落とし前さ。おまえのとこの若いのをひとり、俺にくれ」

「くれというと？」

「わからねえやつだな。命《タマ》をひとつくれ、と言ってるんだよ」

「なぜ、ですか？」

カウンターにかけた、竹岡の手に力が入るのがわかった。

「うちの若いのが、半殺しにされた。商売物も奪われてな。俺は、早いとこ結着《ケリ》をつけたい。つまらねえことで騒ぎ立てて、警察に睨まれたりしたくねえんだよ。それで、おまえのとこの若いのの命《タマ》をひとつ貰うことにした」

「なにがあったか知りませんが、俺のところの者《もん》は関係ありませんよ」

「だから？」

「落とし前ってのは、なにかやったらつけるもんでしょう？」

「そういう時もあるさ」

永山と呼ばれた男は、口もとにちょっと笑みを浮かべた。もうひとりは、ひと言も喋ろうとしない。

「なにもやってないのに、落とし前だけつけろって言うんですか？」

「まあ、ひとつでいいんだ。そのガキの命《タマ》でもいい」

永山に指さされた英明の顔が強張《こわば》った。

「無茶なこと、言わないでくださいよ。おたくには、するべきことはしてるはずだ」

「だから、おまえらが少々暴れても、黙って見ていたさ」

「一体、なにが狙いなんです？」

「俺は、なにも狙っちゃいねえさ。ただ、縄張《シマ》内をきちっとしとくのは、仕事なんだよ。たとえ若いのでも、半殺しにされりゃ、黙ってるわけにゃいかねえのさ」

「それは、関係ないでしょう、俺には」

「どうでもいい。関係あるかねえかなんてな。俺は、ここでおまえに落とし前をつけて貰おうって決めたのさ。そうすりゃ、おまえはいままで通り仕事を続けられるし、俺も縄張《シマ》内のけじめがつけられて、親分《おやじ》さんに合わせる顔もあろうってもんじゃねえか」

「そんな」

カウンターを摑んだ竹岡の手が、かすかにふるえはじめている。恐怖ではなく、怒りがそうさせているのだろう。

「無茶なことは、言わないでくれ」

「無茶を通すから、やくざなのさ」

「やりすぎるほどのことを、俺はおたくにはしてきた」

「うちの若いのが半殺しになった。なんなら、病院も教えてやろうか。俺はその結着《ケリ》を、早いとこつけちまいたい」

「いい加減にしてくれ」

「ほう。まさか、俺とやろうってんじゃあるまいな」

「場合によっちゃな。二人で来るとは、いい度胸だよ」

「わかってねえな、やくざが」

永山と呼ばれた男が、ちょっと顎を突き出して笑い声をあげた。もうひとりは、無表情のままだ。

「やくざはな、十人いるかもしれねえとこに、二人で来たりはしねえよ。外を見てみなよ。若いのが四十人はいるはずだ。みんな、身内がやられたんで、気が立ってる」

竹岡が、親指を立ててひとりに合図した。ドアを開け、外を覗《のぞ》いた男が、弾かれたようにまたドアを閉めた。

「こんな時、かましたりはしねえよ、竹岡。おまえも、肚《はら》を決めりゃいいんだ」

「永山さんが俺の立場だとして、弟みたいな人間を死なせられますか？」

「できるよ。だから、やくざをやっていられる」

「俺にゃ、できないな」

竹岡は、怯《おび》えているようではなかった。永山を見据《みす》え、カウンターを左手で握りしめたままだ。

「ほかに、落とし前のつけ方は？」

「おまえが仕事をはじめてから、どれぐらい儲《もう》けたか、大方わかってる」

「それを吐き出せと？」

「全部とは言わねえさ。まあ、これからさきの話をする気があるなら、事務所へ来なよ。おまえひとりでいい、竹岡」

「それしか、ないんですか？」

「ないな。二つしか、道はねえ。どっちを選ぼうと、おまえの勝手さ」

「どっちも選びたくない、とは言えそうもない雰囲気だな」

「それは、言わねえ方がいい」

束《つか》の間《ま》、竹岡が眼を閉じた。睫がやけに長いのに、私は気を取られた。眼を閉じた竹岡は、まるで少年という感じになる。

「事務所へ、行きましょうか」

竹岡が言った。もう、眼は開いていた。

「そうするかい」

「やくざには、なれそうもないな」

「無理してなるもんじゃねえんだよ。生まれながらってやつさ。俺は、自分を人間だなんて思っちゃいねえよ」

「だから、なにやってもいいってわけですね」

「甘く見すぎたんだ、やくざを。まあ、おまえにゃいい勉強だろうが」

「交渉の余地は、どれぐらいあります？」

「交渉なんかは、しねえさ。こっちが半分と言や半分、全部と言や全部だ」

「なるほどね」

竹岡がちょっと肩を竦めた。五人は、じっと竹岡を見つめている。

「心配するな。みんな、もうねぐらへ帰れ。俺も直接そこへ帰る。永山さんは、自分の損になることはしないさ」

「そうだ。そうやって、いろいろ利巧《りこう》になっていくもんだよ、竹岡」

二人が、ようやくスツールから腰をあげた。かすかな吐息《といき》が、私の頬《ほお》を打った。永山が、顔を寄せてきている。

「お客さん、ここじゃ、なにも起きなかった。いつもの通りの、流行《はや》らねえ店だ。そうですよね」

私は、かすかに頷いた。頬に残った吐息の感触が、いつまでも消えなかった。

三人が出て行き、残された五人は、しばらく立ち尽していた。言葉を交わすことも忘れているようだ。

五人が出て行ったのは、十分ほど経過してからだった。英明も、強張った表情のまま出て行った。

店の中は、再び静かになった。

「度胸が据《すわ》ってるね、竹岡は」

「それでも、馬鹿さ。やくざを甘く見てた。やくざ者《もん》が、おこぼれだけで満足するわけもねえだろう」

「若いんだな」

「二十六だとか言ってたことがある。そろそろ、世間のことがわかってもいい歳《とし》だろう。度胸だけじゃ、男はのしあがれねえよ」

「マスターも、若いころは度胸でのしあがろうとしたんじゃないのかい」

「まさか」

「そう見えるよ、俺には。竹岡を、なんとなく自分みたいに見てたんじゃないかとね。あんたぐらいの歳になると、若いやつをそんなふうに見たりするもんだろう」

「二十年もここで店をやってる、酒場の親父《おやじ》に言うことかね、それが」

「やつらの、ヤサは？」

「なにも喋らねえ。それが、この二十年の私のやり方だ」

「それでも、俺に教えてくれそうな気はするな」

「二万かな」

「いいとも」

「金が欲しいわけじゃねえ。私にゃ、喋るための理由がいるんだよ」

「金ってのは、いい理由だよ。適当に、自分を惨《みじ》めにできる。そうやって惨めな思いをして、逆に生きてると感じたりするものだよ」

「小難しいことを考えるだけ、浅生さんは私より若いね。私にゃ、なにをやるにも理由がいるんだよ。それだけだな」

今川が、缶から煙草を抜きとってくわえた。私は、出されていたチーズに、はじめて口をつけた。新しい客が入ってくる気配はない。客がひとりもいない夜も、今川はここで静かに始発電車を待つのだろうか。

私は、内ポケットから一万円札を二枚出し、カウンターに置いた。

「蒲田《かまた》の、栄寿荘ってアパートだ。二階の右端の部屋だよ」

無造作に、札をズボンのポケットに突っこみ、今川は言った。

「詳しく知ってるね」

「竹岡が、喋ったことがある。そのボロアパートから出発して、億ションで暮すようになってやるってな。はじめたばかりで、躓《つまず》いた。まあ、やつにはよかったのかな」

「やつのことは、どうでもいいさ」

「あんたの仕事も、これでうまく行くのかな。竹岡にゃ、若い者《もん》を養っていく力はなくなるだろうし、自然にバラバラになるだろう。家出したガキを連れ戻すのなんか、簡単にできそうだ」

「そう思ってないみたいだぜ」

「人の気持の裏を読むね、浅生さん。十人近くいる若い者《もん》の、四、五人は竹岡に付いていくだろうな」

「坂崎もか？」

「若い方から、順に四、五人さ。ガキは、計算することを知らねえ」

「竹岡ってのの、それなりの男なんだな。やくざを相手に、怕がりもしなけりゃ、逆上もしなかった。簡単に、あんな真似《まね》はできないだろう」

「やり方を間違えなきゃ、のしあがれた男だよ」

「これから、のしあがるかもしれないぜ」

「一世一代の勝負だったんだよ。私にゃわかるね。今度のことで、あの男は十年は歳をとっちまうだろう。三十六だ。三十六の男に、もう一度一世一代の勝負ができるかな」

「人によるだろう、それは」

「若いからできる。それはある。やつは、そこそこやってはいくだろうがね」

私は煙草に火をつけた。チーズの味が、いつまでも口に残っている。

「男だろう、やつは？」

「男を見る時、いつも自分を重ね合わしちまってね。私の悪い癖《くせ》だ」

今川が、かすかに笑みを洩らした。

店の中は、静かなままだ。外の通りからも、ほとんど人声は聞えてこない。私は、何杯目かのオン・ザ・ロックを空け、グラスを軽く振った。氷の触れ合う音が、沈黙をいっそう深くするようだった。

4

車の中で、二時間ほど待った。

ビルから出てきた竹岡は、舗道《ほどう》に立ち止まって、タクシーでも捜すように左右に視線をやっていた。

私は車を出し、竹岡のそばにつけた。

「乗らないか？」

竹岡は疲れ果てたようで、眼の下に黒い隈《くま》が貼《は》りついていた。それは薄明《はくめい》の中で、なにかの影が落ちているようにも見えた。

「あんたか」

「乗れよ」

私はもう一度言った。

竹岡は、ものうい仕草で助手席に乗りこんできた。

「ヒデのことで、俺に話したいことがあるんだな」

「まあね」

「連れていけよ。俺についてきたって、この先いいことはなさそうだ」

「簡単に、連れていけそうもないんだ。おまえから離れないだろうというのが、『ター坊』のマスターの意見だった。俺も、そんな気がするよ」

「あいつが行きたくないってのに、俺が出て行けと言うこともないな」

「それを、言って貰いたいんだ。まあいい。とにかく送ろうか」

「たとえガキでも、タクシー代と引き換えじゃ安すぎるぜ」

「金と引き換えようって気があるのか。永山には渡さなかったくせに」

「命《タマ》を取る、なんてぬかしやがったからな」

「実際のところ、肋《あばら》の二、三本も折られて放り出されただけだろう。それは、わかってたんじゃないのか？」

「まあな。ただそうしても、結局は同じことだっただろうと思う」

「永山は、狙ってたよ。肥《ふと》らせてから食うってやつだ」

「確かにな。洗いざらい、やられた。この半年で稼《かせ》いだものを、洗いざらいだ。逃げ道は、どこにもなかったね。極道のために、半年、やばい思いで働いたようなもんだ」

私は車を出した。

人の姿が、一番少ない時間だった。竹岡は煙草をくわえ、そのまま火もつけずぐったりしていた。やくざを前に、粘《ねば》るだけ粘ってみたが、それも無駄《むだ》だったというわけなのだろう。

「どこへ、送ってくれるんだい？」

「地獄と言うのは、いまのおまえにゃ冗談がきつすぎるか」

「俺のヤサを知ってるみたいだね、浅生さん。蒲田へむかってるみたいだ」

「大井《おおい》埠頭《ふとう》というのもある」

「そこで、話をしようってわけか」

「まだ、人はいないはずだ」

「あんた、持っていきどころのない俺の気持を、全部引き受けることになるぜ」

「高が、若造の鬱憤《うっぷん》だろう」

「自信がありそうだね。この間、うちの若いのに殴り倒されてなかったかな」

「最後の最後に、一対一でむかい合う。そんな時まで、実力を見せないのが大人ってやつだよ。すぐにわかるが」

「なるほど。いろいろと、勉強することが多いよ」

車は、ほとんどタクシーだけで、数も少なかった。突っ走っていく。ポンコツのブルーバードも、踏みこんでやれば、結構元気を出すのだ。

「浅生さんの仕事っての、人捜しか？」

「それもやる」

「ほかには？」

「トラブル処理。ただし、おまえが抱えちまったトラブルなんか、願い下げだ」

「そりゃそうだ。俺だって、願い下げにするね」

「いい薬だと、マスターは言ってた」

「あの人は、俺の親父の兄弟分でね。もっとも、親父は二十年前に死んで、俺はろくに憶《おぼ》えちゃいないけど」

二十年前といえば、今川が『ター坊』をはじめたころだろう。それと、竹岡の親父の死が、なにか関係あるのだろうか。

「てめえじゃ、俺の親代りのつもりなんだよ。今度のことも、止められた。まだ早いってな。しかし、チャンスがあったんだ。眼の前にぶらさがってた」

「そんなのが、危ないのさ」

「今川の親父も、同じことを言ったよ」

「身に沁《し》みたろう」

「まあな。だけど、俺はこれで終ったりはしないよ。そのためにも、若い者《もん》はいる。俺についてくるって言う若い者《もん》がね。だから、ヒデは手放せないな」

「やくざの一家を作る気か、おまえ？」

「そんな古臭《ふるくさ》いことを、考えちゃいないさ。今川の親父は、俺がやくざになると心配してたがね。これでも、大学まで出てるんだ。経済学部だぜ」

「経済学も、やくざにゃ役に立たなかったみたいだな」

竹岡が、ようやく煙草に火をつけた。

「学費の半分以上、今川の親父に出して貰ったんだ。卒業する時、おふくろにそれを聞かされたよ。親父が死んでから、おふくろと今川の親父は、男と女の関係だったんじゃないかと思う。確かめちゃいないがね」

「なぜ、俺に言う？」

「なんでだろうな。いままで、誰にも喋ったことはないんだ」

「竹岡、おまえは就職したのか？」

「二年しか、勤まらなかった。会社の名前を言えば、あんたも知ってるだろうけど」

「つまり、脱落したわけだ」

「勝手に言ってろよ。あとで、口も利《き》けないようにしてやる」

「人生ってのは、いろいろだな。月並みな言い方だが」

「俺が眼をつけたところに、今川の親父の店があった。死んだ親父が、引き合わせてくれたんだって思ったね。俺がのしあがっていくところを、今川の親父に見せてやれると思った。うまく行ってた。あと少しで、俺は別のことをはじめられた」

「あと少しってやつが、大事なんだよ。誰でも、あと少しのところまでは行った、と思うもんさ」

「あんた、高校の教師みたいな言い方をするね」

低い声で、竹岡が笑った。その笑い声が、次第に大きくなっていった。見ると、竹岡の頰は濡《ぬ》れていた。

周囲が明るくなり、スモールランプもいらなくなっていた。大井埠頭のそばには、トラックが十数台並んでいたが、埠頭に人影はなかった。

「着いたぜ、坊や」

「わかってる」

「いつまで泣いてても、仕方ないだろう。いやなら、このまま蒲田のヤサへ行って、ヒデを追い出してくれてもいいんだぜ」

「自分がおかしくて、涙が出てきたんだ。あんたとは、やり合うよ」

車を、倉庫の間に突っこんだ。

私はさきに降り、朝の海にちょっと眼をやった。晴れた日のようだ。斜めからの光を受けて、海面が魚鱗《ぎょりん》のように輝いている。

「あんたが永山だと思って、やらせて貰うぜ。だから、殺すかもしれない」

「いいね。そんな殴り合いが、俺は好きさ」

「いくつだよ、浅生さん？」

「三十二」

「三十を超えてんのか。ちょっとばかり、ハンディがありすぎるかな」

「来いよ、坊や。俺は、おまえをボロボロにした、永山ってやくざだ」

四メートル。それぐらいの距離でむき合った。

私も竹岡も、しばらく動かなかった。お互いに、手の内は知らない。竹岡の眼には、覇《は》気《き》が漲《みなぎ》っていた。

三メートル。私の方から、距離を詰めた。かすかに、竹岡の両手が動いた。

ボクシング。大学のクラブにでも入っていたのか。顔が潰れるほどのところまでは、やっていない。私は、さらに距離を詰めていった。自然に、竹岡の足がスタンスをとった。

「この間、俺をぶん殴ったやつは、おまえのボクシング部の後輩かなにかか？」

竹岡が、軽く舌打ちをした。やる前から、ボクシングだと見抜かれた自分に、舌打ちをしたのだろう。

私も、ボクシングの構えをした。二歩。それぐらいの距離に近づいた。

お互いに、動けなくなった。睨み合う。ぶつかった視線が、音をたてているような気がした。空気が張りつめてきた。来る。思った時、私は倒れるように横に跳んでいた。足をひっかけた。バランスを崩した竹岡の腰に抱きつく。躰を密着させていれば、パンチは怕くない。しかし、私にもただ押しまくるしか方法がなかった。

竹岡の背中が、倉庫の壁にぶつかった。さらに押しつけようとした時、躰を入れ替えられた。背中が壁にぶつかった。わずかな隙間《すきま》に、竹岡が肘を捻《ね》じこんでくる。蹴った。膝で、何度も蹴りあげた。躰が離れた。パンチを食らう前に、私は押しのけるように竹岡の腹を蹴った。壁から離れようとした。竹岡の動きは、私の予測より速かった。左のジャブ。見えた。肘で、なんとかブロックする。その時、右のストレートを食らっていた。

倒れるほどのことはない、浅いパンチだったが、私は横に転がるようにして倒れた。もう一度ワン・ツーが来れば、避けきれなかっただろう。

三メートルほどの距離で、またむかい合った。口にジャブが来た。小刻《こきざ》みなジャブで、二発、三発と続けざまだった。唇《くちびる》から血が噴き出すのがわかった。

私は仰《あお》むけに倒れ、転がり、両手をついて起きあがりながら、竹岡の膝の裏側に足を飛ばした。瞬間、竹岡が膝を折った。

跳ね起き、私は右肩から竹岡に突っこんでいった。ぶつかる。額に当たったパンチは、距離が近すぎた。竹岡の躰が、呆気《あっけ》なくふっ飛んだ。追い撃ちをかける前に、竹岡は立った。

私ははじめて、肩で息をした。竹岡の呼吸は、まだ乱れたようには見えない。

竹岡が踏みこんできた。サイドステップ。ぶつかった。眼の上に、かなり強いパンチを食らっていたが、私は竹岡の躰を放さなかった。そのまま、体重をあずけるようにして倒れこむ。絡《から》み合った。竹岡の吐息が、私の顔を打った。力。私の方が上だ。躰を密着させたまま転げ回り、竹岡の上着の襟《えり》をしっかりと摑んだ。首を絞《し》めあげる。渾身《こんしん》の力で、絞めあげる。竹岡の躰から、不意に力が消えていった。

私は、その場に座りこみ、三度、四度と荒い息を吐いた。竹岡の躰は、私のそばで痙攣《けいれん》している。眼は白く剝《む》き出されていた。

呼吸を整えると、私は竹岡を背後から抱き起こし、背活《せかつ》を入れた。

しばらく、座りこんだままむき合っていた。

「柔道をやるのか、あんた？」

「首の絞め方だけ、何度か習った。落とされたこともあってね」

「ラグビーかなにかだと、思ったよ」

竹岡の呼吸は、私より乱れていなかった。

「アメフトだ」

「アメフトね。突進《ダッシュ》がすごいはずだ」

「柔道の試合に出されたことがあるよ。メンバーが足りなかったのさ」

「そんなことも、あるのか」

「とにかく組みついて、首を絞めろと教えられた」

「荒っぽいね」

「練習の時間が、一週間しかなかったんだ」

顔が、血と汗で濡れていた。私はそれを、ハンカチで拭《ぬぐ》った。

腫《は》れあがった私の顔を見て、令子は、街に詩を書いてきたのね、などと洒落《しゃれ》たことを言うだろうか。そんなことを、言いかねない女ではある。

「負けだね、俺の」

「おまえは、はじめから負けてた。俺の車に乗った時に、すでに尻尾《しっぽ》を巻いた負け犬だったよ」

「きついことを言うね」

「大人の勝負ってのは、そういうもんだ。普通の時におまえとやり合っていたら、俺はノックアウトされていたさ」

私は、ポケットからショートピースの箱を出した。二本残った煙草は、潰れていたが、折れてはいなかった。

竹岡も手を出してくる。

「今川の親父と同じだな」

「あのおっさんのは、缶入りさ。俺のとは年季が違う」

「そうかな」

「簡単に、潰れはしないだろう」

火をつけ、吸いこんだ。口の傷にしみ、それから頭がくらっとした。気分が悪くなるかもしれないと思ったが、それ以上はなにも起きなかった。私はもう一度、ハンカチで汗と血を拭った。傷は、眉《まゆ》のところにあるらしい。すぐには止まる気配がないので、私はハンカチを当てて押さえた。

「俺の方が、勝ったみたいに見える」

「半分、死んだんだぜ」

「わかってるよ」

竹岡が吐く煙は、風に吹き飛ばされ、朝の光の中に消えていった。私は、火のついたままの煙草を、指で弾き飛ばした。いくら喫っても、煙がうまくならない。

「断っておくけど、俺がヒデを誘いこんだわけじゃない。あいつが、勝手についてきやがったんだ。俺のことを兄貴扱いにしてな」

「半月ばかり前のことだな」

「あいつは、バイクなんか乗り回して、ちゃちな族《ゾク》のメンバーだったよ。俺に喧嘩を売って、一発でのされて、それからくっついてきたんだ。俺のとこに寝泊りしてるのは二人いるが、あいつはよく働いたね」

「これからも、おまえがちゃんとした男だったら、働くさ」

「連れて帰るんじゃないのか、あんたが？」

「仕事だから、一応な。一週間、家で考えてこい、とやつに言ってくれないか。一週間は家にいて、なにもなくなった自分についてくるかどうか、よく考えろって」

「それで、いいのか？」

「ああ」

「なぜ、一週間なんだい？」

「一応、仕事をしなくちゃ、俺も報酬を受け取りにくい」

「それが、一週間か」

煙と一緒に、竹岡の口から笑い声が出てきた。一週間が三日でも、私の仕事は成功したことになる。いや、坂崎夫妻に英明を渡した時点で、仕事は完了だ。一週間とは、ただ言ってみただけだった。

「やつは、帰るのをいやがるだろうと思う」

「多分な」

「なんで家出なんかしたか、あんた知ってるのかい？」

「両親の仲が悪いとか、エリートになることを毎日求められるとか、母親の浮気の現場を見てしまったとか、好きな女の子との交際を禁止されたとか」

「よくもまあ、そんなに思いつくもんだ」

「つまり特殊な事情ではなく、月並みな理由なんだろうと思っただけさ」

「親父も母親も、それぞれ愛人を持ってる。それなのに、世間体を憚《はばか》って離婚しようとしない。特に、ひとり息子がいるのでね。そういうにせものの家庭の、接着剤みたいな役をさせられるのが、我慢できないそうだ」

「ガキだね、やはり」

「父親も母親もってのがな」

「派手じゃあるが、やっぱり月並みさ」

「俺のとこを叩き出して、家で一週間考えてこいとは言える。しかし、あいつが大人しく家に帰るかどうかは、保証できないな」

「もうひと仕事、残ってる」

私は腰をあげ、服の埃を払った。眉のところからの出血は、なんとか止まったようだ。ただ、顔は痣だらけで腫《は》れあがっているだろう。

「それにしても、面白そうな仕事だよ、浅生さん」

「街に詩を書いてる。そう言われたことがあってね」

「詩ね。誰だい？」

「俺の女さ」

「それだけでも、いい女かどうかわかるね」

「送ろうか、蒲田まで」

「ありがたいね。ここじゃ、なかなかタクシーもつかまらないだろうし」

車に乗った。

「まだ、やくざな仕事を続ける気か、おまえ？」

「なんでもできる。金さえありゃな。そのはじめの金は、躰を張って稼ぐしかないだろう。俺はそう思ってる。それが、やくざな仕事かね」

「世間じゃ、そう言うだろうな」

「地道に資金を集めて、さあ動けるという時は、もう老いぼれちまってる。そんなふうになりたくないんでね」

「生き急ぐってやつだな」

「あんたは？」

「俺は、走るのをやめて、立ち止まったのさ。これからも、走り出そうとは思ってない」

「それも、生き方かな。もっと違う状況であんたに会ってりゃ、友だちになれたかもしれないって気がするよ」

私もそう思った。しかし、こんな状況で出会ったのだ。それに、ほんとうの友だちなど、できるのかどうかわからない、と私は思いはじめている。

「俺はしばらく、『ター坊』にゃ顔を出せそうもないな。代りに、あんたが行っててくれないかな。そうすりゃ、いつかまた会えるかもしれないし」

「仕事で行った店でなけりゃな」

「そうだね」

私が今川に会うことは、もう多分ないだろう。竹岡に会うこともない。

街は、ようやく眼醒《めざ》めはじめたというところだった。まだ、人も車も少ない。私はグローブボックスから、新しいショートピースの箱を出し、封を切って信号待ちの時に火をつけた。

5

小さな公園で、私は英明とむかい合っていた。

すでに、根岸の家の近くだ。坂崎夫妻には、英明を連れ戻すと電話を入れてあった。

根岸が近づいた時に、英明がなにか呟きはじめ、何度か車から降りようとしたのだ。私は、助手席のシートベルトを、運転席のシートベルトと繋《つな》げて固定したが、それでも降りようとするので、仕方なく車を停《と》めたのだった。

まったく、あとちょっとというところで、もう一度体力を使わなければならないようだ。英明は、走って逃げようとはしなかった。私をぶちのめして、好きなところへ行く、と肚を決めたようだ。

「俺は仕事だからやってる。こんなことは、家へ帰って親父とでもやりゃいいだろう」

「あんたは、しつこいんだよ。いくら貰ったのか知らねえが」

「親は心配してるぞ、とでも言っておこうか。これも、仕事だからな」

英明が、いきなり蹴りつけてきた。上背はある。脚《あし》も長かった。私は蹴りを、脇《わき》を締めて腕で受けた。一瞬、痺《しび》れたような感じがあった。かなりの威力のある蹴りだ。

「永山に命《タマ》を取ると言われて、ふるえていたガキとは別人みたいだな。俺の方が、ほんとは永山なんかよりずっと怕いぞ」

「うるせえっ」

蹴りが連続してきた。私は踏みこみ、英明と躰を密着させた。投げ飛ばし、押さえこめばいい。そう思ったのだ。一度やり合って負ければ、英明も大人しくなるだろう。

しかし、投げ飛ばそうとした時、私は不意に別の情念に包みこまれていた。突き放す。すぐに、英明がパンチを出してきた。顔を掠《かす》める。血が飛んだ。眉のところが、また出血しはじめたようだ。

踏みこんだ。肘。英明のパンチとぶつかった。その時、私の膝は英明の下腹部を蹴りあげていた。英明の躰が、二つに折れたようになった。拳《こぶし》。下から突き起こす。なにもさせなかった。棒立ちになった英明の首筋に、左右の肘を打ちこんだ。糸の切れた操《あやつ》り人形のように、英明は公園の土の上に崩《くず》れた。蹴転がした。

「これで終ったと思うなよ。これからが、大人の喧嘩ってやつだぞ」

下腹部を蹴った。次には脇腹、胸、顎、隙を見つけては蹴りつけていたが、英明の躰は、すぐに隙だらけになった。

「やめてくれよ。頼むよ、やめてくれ」

「俺から逃げて、おまえは竹岡のところへ帰るのか」

「俺の命《タマ》を取らせたくねえから、竹岡さんは全部投げ出したんだ。これから、俺がなにかしてやらなくちゃならねえんだよ」

「おまえみたいなガキに、なにができる」

「できる、できねえの問題かよ。俺は、そうしてえんだよ。それを、あんたに止める権利があんのかよ」

「権利ってのがどんなもんか、永山がよく教えてくれたじゃないか」

倒れている英明にか、あるいは別のものにか、私は嫉妬《しっと》に似た感情を覚えはじめていた。それが、無防備な英明の躰を、さらに蹴らせているようだった。嫉妬に似た感情は、次第にドス黒い憎悪のようなものに変っていった。蹴りにも、少しずつ体重が乗りはじめる。

視界がかすんで、私は蹴るのをやめた。

眉の傷から流れた血が、眼に入っているようだ。血ですっかり赤黒くなったハンカチを出し、私は眼を拭った。

背を丸めてうずくまった英明が、子供のようにしゃくりあげていた。

夢中になって、自分を蹴りつけるような気持だったのか、と私は思った。私は煙草をくわえ、二服ほど喫って棄《す》てると、しゃがみこんで英明の躰を担《かつ》ぎあげた。

助手席に座らせても、英明は泣き続けていた。

「泣くな、馬鹿野郎」

サイドブレーキを戻し、私は乱暴に車を出した。走っている間も、英明は泣き続けている。

「おまえは、一週間したら、竹岡のところへ帰るんだろうが」

英明の躰が、なにかに弾かれたように動いた。

「竹岡はつらいところだろう。おまえのようなガキは、邪魔にしかならないぞ」

英明が、ジャンパーの袖で眼を拭った。顔は、私と同じように腫れはじめている。

「一週間経っておまえがいなくなっても、もう連れ戻す仕事は引き受けないことにする」

かすかに、英明が頷いたようだった。

それ以上、私はなにも言わなかった。つまらないことをし、つまらないことを言った。そう思い続けていただけだ。

坂崎家の門の前に車を停め、私は助手席の英明の躰を担ぎあげた。

玄関の上り框《かまち》に放り出された英明の躰を見て、坂崎夫妻は立ち竦んだ。

「大した怪我じゃありませんよ。顔が腫れてるぐらいでね。一日寝てりゃ、元気になります」

「なにが、あったんだね？」

「永山というやくざ者に、昨夜殺されていたはずです。それを、よせばいいのに助けたやつがいましてね」

「誰が？」

「息子さんが、その気になれば話すでしょう。俺は、報酬の残りを貰えば退散します。領収証は郵送しますよ」

「いらんよ、領収証など」

六十万の袋が、坂崎から手渡された。

私はそれを内ポケットに収った。仕事はすべて終りだった。英明が、両腕を突っ張って立ちあがろうとしている。それを、しゃがみこんだ母親が覗きこんでいた。支えればいいのか、押さえた方がいいのか、わからないのだろう。

「じゃ」

それだけ言い、私は玄関を出てドアを閉めた。

仕事がひとつ終った、という気分にはならなかった。百二十万、うまい具合に、効率よく稼いだ。それだけのことだ。

恵比寿まで、ポンコツブルーバードを転がしてきた。道路は、大して混んでいなかった。

ドアを開けると、音楽が聴えてきた。

「おかえり」

言った令子の顔を見て、私は今日が土曜日であることにはじめて気づいた。

「派手な顔で朝帰りね」

「そんなにひどいか」

「フルラウンド闘って、負けてしまった、タフが取柄《とりえ》のボクサーってとこね。倒されはしなかったけど、KOシーンを見たがった観客をがっかりさせたんじゃなくて」

予想した言葉ではなかったので、私はただ苦笑した。

洗面所に入り、鏡の中の自分とむかい合うと、ほんとうに笑い出したくなった。令子が言った言葉が、まさにぴったりだ。

「詩を書いていた」

「なにを？」

「詩さ。街に詩を書いていたら、こんな顔になっちまった。抒情的なやつじゃなく、かなりシュールなやつさ」

「本人が、そう思ってるだけかもしれなくてよ」

「まったくだ。おまえは、そこそこいい女になってきたよ」

「詩を書くのを、諦《あきら》めたから」

「俺の心に、書こうとした詩か？」

「腫れた顔には、似合わない科白《せりふ》ね」

言われて、私は大きく頷き、口の中の傷を鏡に映した。それは赤くただれ、血がこびりつき、見知らぬ動物の、傷ついた内臓のように見えた。

第三章　約　束

1

痩《や》せていたが、骨格はがっしりした老人だった。

だから、ツイードの上等そうなジャケットも、それほどダブついては見えず、むしろゆとりのあるものを着ているという感じだった。歩き方も、七十二歳とは思えないほどしっかりしたものだ。

靴《くつ》だけは、スニーカーだった。リタイアした老人の、日課の散歩と見えなくもないが、それなら私が尾行《つけ》る理由もないのだ。

正午から夜の九時までというのは、散歩にしては長すぎる時間だった。適当なところで、休む。二時間歩いては三十分休むという、原則のようなものはあるらしい。

休む場所は、公園とか寺の境内とかバス停のベンチで、三十分の間に煙草《たばこ》を二本喫《す》う。それ以外に、なにをやるでもなく、老人は歩いているのだった。

姿勢はよく、あまり顔を動かしたりもしない。なにか目的を持って歩いているとしか思えないのだが、なにに関心を示すということもなかった。

私は辟易《へきえき》していた。こんな尾行が、もう三日目に入っている。なんのために歩こうと、老人がただ歩いているだけなら、私には依頼人に報告することがなにもない。それでも一日五万の日当を貰《もら》っているから、老人が歩いた場所、休んだ場所は、正確に記録している。二日間の記録を詳細に検討もしてみたが、歩いたコースで目的が測れるものはなかった。

やはり、ただ歩いているだけだ。

一度も乗物に乗らないので、老人の戻る時間は、午後九時に一時間ほどの誤差があった。最初の日が九時で、きのうは八時をちょっと回ったところだった。きょうは、十時を過ぎるかもしれない。

健康のためなら、もっといいコースがありそうなものだった。九時間ほどの間、飲み物も食べ物も口にしないのだ。さすがに、帰宅する時は、足を引き摺《ず》るようにしている。

それにしても、九時間も歩き続けると、ずいぶんと遠くまで行けるものだった。成城《せいじょう》の高級住宅街から、その気になれば浅草まででも、青梅《おうめ》の方でも、川崎でも往復できそうだった。もっとも、最短距離を歩けばの話だ。老人のコースは入り組んでいて、時には同じ地域をぐるぐる回ったりもする。

歩きはじめて三日目から私の尾行ははじまっているから、実際には、五日歩き続けていることになる。全長で何キロ歩いたことになるか、私は時々考えた。歩いている間、ほかにやることがなにもないからだ。それでもいたたまれなくなった時は、歩くだけで五万円と自分に言い聞かせる。

私は、飲まず食わずで歩いているわけではなかった。老人が休憩《きゅうけい》に入った時、コンビニエンスでサンドイッチと牛乳を買い、離れたところでそれを腹につめこむ。老人がなんのために歩いているのかわからなくても、私は仕事で歩いているのだ。仕事で腹を減らしている理由などなかった。食事代は経費で出るので、ほんとうはもっとましなものを食いたいところだ。

池袋の路地に迷いこんだ。そこをやっと抜け出したのが七時ごろだ。歩くための原則を老人が持っているとは思えなかったが、唯一《ゆいいつ》の原則らしい原則は、帰る時間になると、成城の方向にむかって歩きはじめるということだった。

二時間以上かけて、ようやく成城の家に戻ってきた。九時二十五分。九時ごろには家へ帰り着こうとしているという原則も、三度続けて確かなものになってきた。

家に帰ったのを見届けると、私は電車を乗り継いで、恵比寿《えびす》のマンションに戻った。ボランティアが来ていた。太田令子《おおたれいこ》だ。三日に一度ぐらいの割りで私の部屋に来て、掃除や洗濯をし、冷蔵庫を一杯にし、ついでにセックスの相手までしてくれる。

夕食が出来ていた。四時にサンドイッチを食ったきりだったので、私はそれに飛びついた。肉の味噌煮《みそに》こみを中心にしたメニューだ。私が作るより、ずっと品数がある。私が帰ろうと帰るまいと、お構いなしなのだ。

ビールを飲みながら、肉に箸《はし》をつけた。

「このところ、雨が降らないのね。お洗濯物が埃《ほこり》っぽくなって、いやだわ」

令子が、私とむき合って腰を降ろして言う。美人の類《たぐ》いに入るだろう。二十八で、結婚相手を捜すのに遅いという歳《とし》ではない。私が口説《くど》いたわけでもないのに、こんな状態が二年半以上続いていた。

雨が降っても、あの老人は歩くのだろうか、と私はふと考えた。疲れが出ているのか、池袋の路地に迷いこんだあたりから、かなり遅い歩き方になった。

「でも、どこも秋でしょう。会社の窓から見える街路樹も、みんな落ちかかってるわ」

「秋か」

これだけ歩き回っても、私は季節などほとんど感じていなかった。仕事をしているという意識があるからだろうか。

「秋の詩は、なにも書いてこなかった」

ドブ浚《さら》いのようなものだと私が自分で思っている仕事を、街に詩を書いていると令子が形容したことがあった。深い意味があるわけではないだろう。それでも私は、その形容が気に入っていた。

「課長の家の金木犀《きんもくせい》が、今年は実にきれいに咲いたって」

「どんな花だっけ？」

「小さい、金色の花よ。匂《にお》いが強いので、遠くからでもわかるわ」

「花壇《かだん》に咲いてるのか？」

令子が声をあげて笑った。私が見当違いなことを言った時、大抵《たいてい》そうする。笑われたら、私は理由も訊《き》かずに話題を変える。

令子にとって、私は以前に付き合っていた男の代役にすぎないとは、はじめから感じていることだった。人生に代役ばかりを求めている女というのは、時々いる。

令子が私の部屋に住みついてしまおうとしないのは、そうすれば私が姿を消すことを知っているからだ、と勝手に私は思いこんでいるが、もしかすると、一緒に暮す価値のない男というふうに評価されているのかもしれなかった。それなら、それでいい。いまのところ、令子は私にとって便利な女だ。

「このところ、顔を痣《あざ》だらけになんかしていないのね」

「不満か？」

「ううん、ほっとしてるわ。仕事はしてるみたいなのに、顔が痣だらけになっていないなんてね」

　トラブル処理を看板に掲げた私の探偵仕事は、顔が痣だらけになる殴《なぐ》り合いをしなければならないことが、しばしばある。そのために、躰《からだ》は鍛《きた》えていた。仕事がない時は、トレーニングも兼ねて、道路やビルの工事の日雇《ひやと》いに行くこともある。

「俺《おれ》は、街に詩を書いてる。それもペンじゃなく、肉体でな。街にはいろんなものがあって、時には痣だらけになっちまうのさ」

「わかってるわ。あんまり気を遣《つか》って、説明なんかしないで」

「うまく詩を書けない時は、苛立《いらだ》ったりもするんだ」

「それも、言う必要のないことね」

「そうだったな」

「詩集にもまとめることができない詩よ、あなたが書いてるのは」

「そんなことを言われると、愛されてるんじゃないかという気がしてくるな」

　私が言ったことには答えず、令子は立ちあがって二本目のビールを冷蔵庫から出してきた。一本目を、空けてしまっていることに私は気づいた。

　令子が、会社の話をはじめた。かなり細《こま》かいことまで話す。なにもわかりはしないが、ただ相槌《あいづち》を打っていればいいのだ。その間に、私は肉の味噌煮を平《たい》らげてしまった。奇妙な関係だった。その奇妙さも時が経《た》つと馴《な》れてしまい、ことさら奇妙だと感じることは稀《まれ》になっている。

「社員旅行があるのよね、もうしばらくすると」

「どこへ？」

「群馬《ぐんま》県の、なんとかいう温泉だと言ってたわ。紅葉の見物ってとこかしら」

「そんなもんか、社員旅行ってのは」

「あんまり流行《はや》らないと思うかもしれないけど、結構愉《たの》しみにしてる人が多いのよね。毎月いくらか積立てるのを、いやだという人もいないし」

「社長とか重役とかは？」

「みんな一緒よ。小さな会社なんだから」

ビール二本で酒を切りあげ、飯をかきこみはじめた。令子がいると、味噌汁などというものも用意してある。

結婚したら、多分こんな日々が毎日続くのだろう、と漠然《ばくぜん》と考えてみることはあった。その時に自分がどうなるのかは、想像できなかった。

カーペットに寝そべって、煙草に火をつける。令子が洗いものをする音が聞えている。

私は、ただ歩き続ける老人のことを、もう一度考えた。何度考えても、歩き続けているということしかわからなかった。

今度の仕事は、あまりに具体的すぎて、どこか抽象的な感じがするものになっている。

そんな気がしてきた。

「お風呂《ふろ》、沸《わ》いてるのよ」

令子の声がする。風呂に入ったあとはセックス。これも具体的すぎることだが、令子がなにか考えているというふうはなかった。

私は煙草を消し、上体を起こすとシャツを脱ぎ捨てた。

2

十時開店の喫茶室には、まだ客は誰《だれ》もいなかった。

眠そうな顔をしたボーイが、コーヒーを二つ運んできたが、ミルクを忘れていた。ちょっと冷たい感じの声で、塩崎《しおざき》がそれを指摘した。黙って立ち去ったボーイが、黙ったままミルクを持ってきてテーブルに置いた。

「低血圧かな」

私が言うと、塩崎は苦笑した。

「要するに、働く意欲が足りないんだよ。あんなものさ」

私は頷《うなず》き、ミルクと砂糖を入れたコーヒーをスプーンで掻《か》き回した。ひと口飲んでから、報告をはじめる。

「つまりは、父は目的もなく一日九時間も歩き回っている、というのだね」

「少なくとも、目的地はありませんね。報告書の通り、ただ気ままに歩いているとしか思えないんです」

「五日も続けてだな」

「歩いている距離は、半端《はんぱ》じゃありませんよ。最後の方は、見ていて痛々しいほどですね」

「信じられん」

「なら、後ろを歩いてみるんですね」

「君が信じられんというんじゃなく、親父《おやじ》のそういう行動が信じられんということだ」

「私としても、これだけで日当を払っていただくのは、ちょっと心苦しい気もしますよ。仕事として、魅力のあるものでもない」

私は、煙草に火をつけた。コーヒーは温《ぬる》くなりはじめている。塩崎は口をつけようとしていなかった。

店の外では、黒塗りの車が待っている。これから出勤するところなのだ。はじめに名刺を貰った時はわからなかったが、かなり大きな会社の社長だった。半分は白い髪をぴったりと撫《な》でつけ、仕立てのいい服に、趣味のいいネクタイをしている。私に対する態度も、充分に紳士だった。

「経費は使っていないようだね。報告書に、五百五十円とあるが」

「使いようがないんですよ。ただ歩いているだけですからね。人を尾行《つけ》て歩くというのは、これでなかなか忍耐がいることなんです。特に、なんの目的もなく尾行るという時はね。私の仕事は、これで充分に完了していると思うんですが」

「つまり、やめたいということかね？」

「意味がありませんからね。舗道《ほどう》に何時間も立って、チラシを配って歩いている連中にも、やっていることの意味と目的はあるんです。意味のないことをさせられると、人間は苦痛を感じるものだと思いますよ」

私は、微妙な値上げの交渉をしているのだった。それがうまくいかなくて、やめることになっても勿論《もちろん》構わない、と肚《はら》の底では思っている。ただ、危険も伴《ともな》わない仕事に、値上げしてくれとは、露骨《ろこつ》に言い出しにくいのである。

「もうしばらく、続けて貰えないかな。君が、苦痛を感じているということは、よくわかる。その苦痛に対して、私には日当をアップするという方法しかない。申しわけないと思うが、それしかできないんだ。五割上げよう。経費をもっと使って貰ってもいい」

「使いようもないんですよ、経費は。そういう仕事なんです」

うんざりした表情で言いながら、肚の底で私は喜んでいた。五万円が、七万五千円になる。さすがに、大会社のオーナー経営者は違う。もっとも、ほんとうのオーナーは、毎日歩いているあの老人だという話だ。

「父は、この間まで会社に出ていた。ほかの団体にも関係していた。顧問という肩書だが、現役だったと言ってもいいんだ。四年前に母が亡くなったので、私たちが父の家に同居する恰好《かっこう》になっている。私の家は、八雲《やくも》にあっていまは人に貸してある。そういうことが不満なのかもしれない、と家内は言うんだ」

「お父上と、話合いなどはなされないんですか？」

「なにか訊いても、否定する。それ以上訊くと怒り出す。昔からそうだ。私など、たえず父の眼を気にしながら生きてきたようなものだね。しかし、理不尽なことはあっても、わけのわからないことはこれまでなかった」

「そうですか」

私は煙草を消した。塩崎はあまり煙草の煙《けむり》を好まないようだ。

「ひとつ、これは提案なんですが、私が偶然を装って、お父上と知り合いになるというわけにはいきませんか。尾行ているだけでは見えないものが、見えるかもしれません。勿論、塩崎さんに雇《やと》われているなどということは、絶対に知られないようにします」

塩崎は、ちょっと考えるような表情をした。警戒しているような感じもある。

「君は、絶対に口が固いというふうに紹介されたが」

塩崎は、かつて私が女の問題を解決したことがある、老舗《しにせ》の商店主の紹介で電話をしてきたのだった。女が開き直って脅迫《きょうはく》をしてくるという、よくあるやつだったが、女の背後に男がいた。女がしつこく請求し続けた、二十分の一の額で、私はその男と話をつけた。

「私も、意味のないことを続けたくないし、塩崎さんだってそうだろうと思うんですよ。私の口が固いかどうかについては、信用していただくしかありません」

「無理のないかたちで、そんなことができるかね？」

「無理だと思ったら、やりません。しかし私には、偶然知り合いになるという、目的がひとつできるわけですし」

「じゃ、任せようか」

塩崎が、時計に眼をやった。

「ここは払っておいてくれないか。経費にして請求してくれていい」

塩崎が出て行っても、私はしばらくその店にいた。塩崎に渡された封筒には、五万五千円入っているはずだ。前の二日は、そうだった。五百五十円の経費というのも、ちゃんと請求してみるものだ。育ちのいい金持というのは、そんな少額を払うのは相手に対して失礼だと考えることもある。それで五百五十円が、五千円札に化ける。

私はその店で煙草を二本喫い、それからちょっと早めの昼食をファーストフードの店でとると、電車を乗り継いで成城へ行った。

二百坪はありそうな、大した屋敷だった。ガレージには、大型のベンツが一台置いてある。潜《くぐ》り戸の付いた門とは別に勝手口があり、宅配の業者が出てくるところだった。

十分ほど、私は離れたところで待った。

正午ぴったりに、老人は潜り戸を開けて出てきた。どちらへ歩こうか、瞬間迷ったように立ち止まり、私の方に向かって歩いてきた。

老人をやりすごし、かなり距離を置いてから、私も歩きはじめた。

歩調は、かなり速い。一日ごとに、ペースがあがっているという感じがする。自然にそうなっているのか、意識しているのかはわからなかった。九時間後には、芯《しん》から疲れ果てた感じで戻ってくるのだ。

二時間、私は話しかけたりするきっかけも見つけ出せず、ただ歩いた。休んだのは、街の中の小さな公園だった。花壇とブランコとベンチがあるだけである。子供連れの姿さえもなかった。

三つ並んだベンチの一番右端に、私も腰を降ろした。老人は、時々咳《せき》をしながら煙草の煙を吐《は》いていた。

三十分経ち、老人は腰をあげた。私は、その機会を狙《ねら》っていた。煙草の火を借りる。それから歩きはじめた老人と、一緒に歩く。一番自然だった。

しかし私は、あげかけた腰をまた降ろした。老人の顔に、すべてを拒絶するような表情が浮かんでいたからだ。間近で老人の顔を見たのは、はじめてだった。

私はそのまま老人をやりすごし、また離れて歩きはじめた。

あんな表情でずっと歩き続けているのか、と歩きながら考えた。遠くからではわからない表情だが、私にはすべてのものに対する拒絶に見えた。

老人が、いつもあまり視線を動かしたりしていないらしいのも、その拒絶のせいかもしれないなどと、考え続けた。ただ、歩きながらだと、意外に考えがまとまらない。ほとんどかたちだけとはいえ、尾行もしているのだ。

曇《くも》ってはいるが、雨が降りそうではなかった。歩くのには、手ごろな日かもしれない。陽《ひ》が照っていると、どうしても暑くなってくる。私の方が先に汗をかき、上着を脱いでしまうほどだった。晴れている日でも、老人が汗をかいているようには見えない。

歩調は速く、足どりはまだしっかりしていた。尾行《つけ》はじめて四日目。やはり、ペースは日ごとあがっている。なんとなく歩いているだけの人間は、みんな追い越されていた。

多摩川《たまがわ》まで出、土手沿《どてぞ》いの道を歩きはじめたが、いかにも散歩に適したそこは気に入らないらしく、すぐに街の方へ戻って行った。

二回目の休憩の時も、私は声をかけられずにいた。一度、腰を降ろしているベンチの前を歩いてみたが、私の姿など視野にも入っていないようだ。

陽が落ちるのは、早かった。

六時を回ったころ、歩く方向が成城方面にむいた。芝浦《しばうら》のあたりまで来てしまっていたので、私は成城まで歩くことを考えてうんざりした。

なにも口にせず、九時間も歩くことは、ほとんど肉体労働に近かった。試しに、私もなにも口にしなかったが、四時間ほどでのどの渇きがひどくなり、それに空腹感も伴ってずっと続いた。

水が飲める場所は、いくらでもあった。自動販売機など、捜す必要もないぐらいだ。それでも老人は、ショートホープをひと箱空にしただけだった。新しい発見というのは、老人が喫っている煙草がショートホープだというぐらいのものだ。

さすがに、八時近くになると、老人は苦しそうだった。足どりも覚束《おぼつか》なくなる。それでも、歩き続けるのだ。スポーツで限界に挑戦しているのと、ほとんど同じようなものなのかもしれない、と私は思った。

自宅に戻ると、老人は必ずコップ一杯の水を飲み、風呂に入ってから軽い食事をするという。そしてすぐに、寝室へ行くらしい。何時に眠るのかは、よくわからない。朝まで明りがついていることもあるようだ。午前中は、書斎で読書をしていて、昼食にはかなりヘビーなものも食うらしい。一日二食だ。ブランチを十一時半に終え、正午には家を出る。

老人に追いすがり、なぜそんなことをやっているのか、何度も訊きたい衝動に襲われた。仕事をしているのだと、くり返し自分に言い聞かせ続けたが、その衝動はほとんど抑え難いほどだった。

老人が、自宅に戻った。九時二十二分だった。

私は駅前まで歩き、最初に見つけたレストランに飛びこむと、ビールを飲み、ステーキを口に押しこんだ。これは、経費で落としてもいい食事代だ。

電車を乗り継いで恵比寿まで帰る間も、ずっと老人のことを考えていた。なぜ、自分以外のすべてを、拒絶するような表情をしているのか。なぜ、自分を苛《いじ》めるような歩き方をするのか。

なんといっても、七十二歳だった。それまでも、歩く習慣があったわけではないらしい。若いころは剣道をやっていたが、ゴルフはやらず、通勤には送り迎えの車を使っていたという。

つまり、いきなり一日九時間も歩きはじめたのだ。私はのどが渇き腹が減るぐらいだが、老人にとっては大変な運動だろう。過激と言ってもいい。それをいきなりはじめたからには、なにか理由があるはずだ。

部屋へ帰ると、私は耐えきれず、ストレッチをはじめ、それから腹筋や腕立て伏せをくり返した。それでも足りず、ダンベルを使ってしばらくトレーニングした。この四日間歩いてばかりで、歩くことが拘束感《こうそくかん》に繋《つな》がりはじめていた。

かなり汗をかき、風呂へ入り、部屋から歩いて二、三分のところにある、カウンターバーに飲みに行った。

ウイスキーを、ソーダで割って飲みはじめる。キープしたボトルには半分ほど残っていたが、一時間でそれを空け、新しいボトルを註文《ちゅうもん》した。

「荒れてるの、浅生《あそう》さん？」

経営者は六十を過ぎていて、二人いる若い女の子は十二時にあがってしまう。客がいる間は、店は閉めない。

「荒れてるのとも、ちょっと違うみたいね」

「自分でも、よくわからないんだよ、ママ」

「なんとなく、酔《よ》っぱらってしまいたいってわけだ。だけど、ボトル半分飲んでも酔わないんじゃ、これ以上飲んでも無駄《むだ》ね」

「商売っ気のないことを言うじゃないか」

「それもそうだ」

経営者が笑った。若いころは下町で芸者をしていたというこの経営者を、私は嫌いではなかった。いつも派手な服を着て、化粧《けしょう》も厚い。芸者をやっていたというのに、着物を着ているのは見たことがない。思ったことはなんでも言ってしまうので、常連の客でも時々怒って帰ることがある。

「意味のないことって、あるだろう」

「ないよ」

「そうかな。人間ってやつは、時々意味のないことをやったりしないかな」

「そりゃ、あんた、まわりの人間にその意味がわからないだけよ」

「そういうことか。つまり、本人にとってはどんなことでも意味があるわけだ」

「あんたが、ハイピッチで飲んでることとみたいにね」

私は、煙草に火をつけた。この経営者は、客に火を出したりはしない。

「歩くかい？」

「なによ、それ？」

「たとえば、健康のために一日何時間か歩くとかさ」

「カウンターの中で、ずっと立ってるからね。何時間も、動き回ってるわ。それ、歩くのと同じことでしょう」

「そうだな」

「あんた、最近走ってんの？」

ランニングをしている時、この経営者としばしば会う。御苦労ね、とか大変ねとか声をかけられるだけで、なぜ走るのかと訊かれたことはない。

「あんまり、会わないような気がするね」

「走るのは、暇《ひま》な時だけでね」

「悪くないよ、あの感じ。旧式の蒸気機関車でも走ってきたみたいでさ」

私は煙草を消した。午前一時半を回っている。ほかに客はいなかった。

「腹が減ったな」

経営者は、ちょっと肩を竦《すく》めた。首筋のたるみに、年齢が透けて見えた。あの老人は、この経営者よりさらに十歳も上になる。

しばらくすると、缶《かん》ごと温められた、オイル・サーディンが出された。

「思い出すな」

「パンにオイルをしみこませて食べた、なんて言うんじゃあるまいね」

「実は、そうなんだ」

「あたしらが若いころ、それが流行《はや》ったよ。みんな貧しくてね。健康のために走ろう、なんてやつはいなかったね」

「俺が走るのは、健康のためじゃない。体力を維持しなけりゃならん、と思ってるだけさ」

私は、箸をのばしてオイル・サーディンをひとつ口に入れた。

3

塩崎は、やはり浮かない顔をしていた。

この店で会う回数も重なってきたが、一度もコーヒーに手をつけていなかった。神経質な潔癖性というやつかもしれない。襟《えり》も袖口《そでぐち》も卵の殻《から》のように糊《のり》がきいたワイシャツを着ている。

「土曜日ですよ、今日は」

「それでも、父はやっぱり外へ出ると思うね。そういうタイプの人間だよ」

「会社の方は？」

「休みさ。私はちょっと、友人に会う約束があってね。家内には、仕事だと言ってきた。ネクタイは締《し》めてきたが、車は自分で運転するしかなくてね」

「お父上のことが、やっぱり奥様もひっかかっておられるんですね」

「というより、正直なところろうっとうしいんだ。重苦しいと言った方がいいかもしれない。父が、時になにか言うというわけじゃなく、不機嫌でもない。むしろ、私たちには突然無関心になったという感じなんだ。はっきり言うと、私も家内も無視されているね」

自分以外のものを拒絶するような、老人の表情を私は思い浮かべた。あれは、拒絶というより、無関心と考えられなくもない。

「昔からそうだったわけじゃない。家内に対しては口うるさかったし、私にはいつも経営の状態を報告させた。野心もあるように見えた。それがつまり、外を歩くようになってから、急にそうなったんだ」

「痩せておられますよね」

「もともと、肥《ふと》ったタイプではない。ここ一年で、三キロばかり痩せたようだが、躰が悪いとも思えないね。あれだけ歩けるんだから。七十を過ぎて、肥ったりはしない方がいいんじゃないのかな」

私は、煙草に火をつけた。毎日、塩崎と同じ話をしているような気がした。

「知り合いには、なれなかったようだね」

「すぐにはね。無理をする気はない、と申しあげたでしょう。なんとなくという感じで、知り合いになれたらなっていいか、という許可をいただいただけのつもりです」

「いろいろ訊き出してくれているんじゃないか、と内心期待していたんだが」

「たとえ知り合いになったとしても、露骨な質問は控えるつもりです」

「まあ、任せよう」

塩崎が立ちあがり、出て行った。いつもの黒塗りの車ではなく、グレーのベンツが店の外に駐《と》めてあった。

家の中が重苦しくなるような雰囲気《ふんいき》を、老人はわざとふりまいているわけではないだろう、と私は思った。

私はいつものように昼食をつめこむと、成城の家の前に行って老人を待った。毎日のことで、ほとんど老人と待ち合わせをしているような気分だった。

正午。老人の姿。ピッチは、さらに速くなっている。きのうよりもいくらか雲は少ないが、陽が射《さ》すほどではなかった。それでも、最初の休憩の時、私は汗ばみはじめていた。判で押したように、老人はショートホープを二本喫った。私ほど、喫煙者としてマナーが悪くないことを、発見した。吸殻は、灰をきれいに払って、ポケットに入れたのだ。私は道に捨て、踏み潰《つぶ》す。

渋谷《しぶや》の方へむかっていた。

相変らず、私は声をかけるチャンスを摑《つか》めなかった。ほとんど機械的に、老人の後ろ姿を見ながら歩いて行くだけだ。

歩いている時間を、それほど長いとも感じなくなっていることに、私は気づいた。馴れてしまうものなのかもしれなかった。

老人も同じような馴れの中で、ほとんど無意識に歩き続けているのかもしれない。そうも考えてみた。というより、私の思考そのものが、そんなふうに漠然としたものになっていた。

私は、何本も煙草を喫い、吸殻を道に投げ捨てると、靴で踏み潰した。老人の背中が、催眠術師《さいみんじゅつし》の指先のように、私に作用しはじめている。

すぐに陽が落ちた。感覚として、二時間も歩いていないような気がしたが、時計は確実に五時間進んでいた。代官山《だいかんやま》から、渋谷の繁華街の方へむかっている。土曜日で、通りに人は多かった。ピッチは、まだ落ちていない。パチンコ屋の前。二人の男と、老人はいきなりぶつかった。舗道を歩いてきて、どちらも避けなかったというやつだ。

私が見たかぎりでは、老人は止まれなかったようだ。止まろうとしても、躰がそのまま動いてしまった。ぶつかられた二人は、直前で立ち止まった。普通なら、躰を入れ替えるようにして、擦《す》れ違ったところだろう。よくあることだ。

老人が二人にぶつかり、弾《はじ》き飛ばすような恰好になっていた。それでも老人は止まらず、歩きながらふり返り、なにか言おうとしたようだ。謝ろうとしている、と私は思った。その時、二人は同時に動いていた。歩み去ろうとする老人に追いすがり、ひとりが肩を摑み、もうひとりが、左右のパンチで顔と腹を殴った。

私は、駈《か》け出していた。追いついた時、うずくまった老人を、ひとりが蹴《け》りつけていた。まだ若い、高校生のような二人だ。私は、蹴りつけていたひとりを、弾き飛ばした。三メートルほど吹っ飛び、尻《しり》から落ちて、男は叫び声をあげた。

二人。そこそこの喧嘩《けんか》の経験ぐらいはあるのだろうが、大した相手ではなかった。

私は、二人との間合いと足場を測った。うずくまっている老人が、顔だけあげるのが見えた。

二人同時だった。ひとりが組みつき、もうひとりが殴る。その動きは読めたが、私はただ立っていた。左から抱きつかれたので、右腕でこめかみに来るパンチをブロックした。腹は、まともに受けた。二発三発と腹に受け、次に股間《こかん》に蹴りがきた。下半身を捻《ひね》ることで、急所はかわした。

私は膝を折った。立っていた方が、急所は護《まも》りにくい。特に相手が二人以上の場合はそうだ。転げ回りながら、腹で三発ほど蹴りを受けた。程度ということを、知らないようだ。放っておくと、いつまでも蹴りつけてくるだろう。

私は躰を転がした。何度か、蹴りが空を切った。躰を寄せる。相手がバランスを崩した時、立った。次の瞬間、ひとりの手首を摑んで逆をとった。もうひとりが後ろから蹴りつけてきたが、腿《もも》に当たっているだけだ。

「大怪我《おおけが》しねえうちに、やめときな、兄《あん》ちゃん」

手首の逆をとって躰を寄せたまま、私はひとりの耳もとで囁《ささや》いた。

「素人《トウシロ》にゃ、手を出したくねえんだ。だけどここまでだな。これ以上やるってんなら、殺し合いの覚悟をしなよ」

摑んだ手首に、力をこめた。男が、低い呻《うめ》きをあげる。

「行くんだぜ。黙って消えちまいなよ」

もう一度囁いて、私は手首を放した。

もうひとりが、蹴りつけてくる。倒れてかわしながら、私は臑《すね》を一発蹴った。倒れたはずみのようにしか見えないだろう。

片膝立ちの私を、二人が見ている。私は、二人を睨《にら》みあげるようにした。これでまた殴りかかってくるようだと、もうこちらからもやり返すしかない。呼吸にして、二つか三つだ。私の方が、睨み勝った。二人は、背をむけて駈け去って行った。

私は立ちあがり、まだうずくまっている老人を抱き起こした。やはり骨格はがっしりしている。

老人は立つと、ほとんど無意識としか思えない感じで、足を動かしはじめた。

集まりはじめていた人が、散った。パチンコ屋の前を通りすぎ、小さな路地に入ると、人はもういなくなった。

「休むんです」

私は、老人に腰を降ろさせようとした。老人が、歩こうとする。

「休みなさい。あなたは怪我をしてる」

言って、私はその場にうずくまり、胃の中のものを吐き出した。ボディに、まともに受けたのが効《き》いている。それでも、出てきたのは酸《す》っぱい液体が少しだけだった。

老人が、私を見ている。私は、ジャンパーの袖で、口を拭《ぬぐ》った。それから、吐瀉物《としゃぶつ》を避けて少し移動し、腰を降ろした。

「あなたも、休んだ方がいい。殴られたり蹴られたりしたでしょう」

老人はしばらく立っていたが、決心したように私のそばに腰を降ろした。私は、煙草を出してジッポで火をつけた。

「ショートピースだね」

老人が、はじめて私に発した声だった。私は、ショートピースの箱を老人に差し出した。老人は一本取り、親指の爪《つめ》に叩《たた》きつけてちょっと葉を詰め、くわえた。私はジッポの火を出した。

「なんだって、あんな若造と喧嘩してたんです？」

「別に、喧嘩をしたわけじゃない」

私と同じ恰好で座りこみ、建物の壁に背を凭《もた》れさせて、老人は煙を吐いていた。腹を蹴られたのか、いくらか苦しそうでもあった。

煙草を一本喫う間、私はそれ以上なにも喋《しゃべ》らなかった。

「君は、仲裁《ちゅうさい》してくれたのかな？」

「お年寄りを、若い者が殴っている。まあ、放ってはおけませんね。喧嘩の仲裁が、一番ひどい目に遭《あ》うというのは、ほんとだな。よくわかりましたよ」

「喧嘩をしていたわけじゃないんだが」

「あいつらが、一方的に殴ったんですか。なら、警察へ行きましょう。俺は、二人の顔をはっきりと憶《おぼ》えてますよ」

「非が、私になかったわけじゃない」

老人は、一応はきちんと状況を認識しているようだった。私は、もう一本煙草をくわえ、老人にも差し出した。老人は首を振った。その瞬間、ひどく気分が悪そうな顔になった。

「助けて貰った。そのお礼が、いますぐできないんだが」

「別に、礼が欲しくてやったわけじゃありません。それより、気分が悪いんじゃないんですか？」

老人はうつむき、嘔吐《おうと》をこらえたようだった。

「家は、近くですか？」

「いや」

「タクシーに乗せてあげましょう。早く帰って休んだ方がいい」

「行かなければならないところが、私にはあってね。そこまで歩くよ」

「どこです？」

「近くさ」

「無理だな。あなたは、俺みたいに若くはない。じわじわとこたえてきて、そして回復するのが遅い」

老人は、なにも言わなかった。私は煙を吐き続け、吸殻を足もとに捨てると靴で踏んだ。立ちあがる。老人は、私のようにすぐに立ちあがることはできなかった。ようやく立っても、壁に手をついてしばらくじっとしていた。

「御家族に、連絡してあげましょう」

「いないよ」

「ならば、これから行こうというところに」

「大丈夫だ。それより、君の名刺を」

「持って出てません。土曜日なんでね」

「そうか、今日は土曜日か」

歩きはじめようとして、老人は膝を折りかかり、また壁に手をついた。

やりたいように、私はやらせていた。

しばらくして、老人は路地から通りへ出、歩きはじめた。ピッチなどというものはなく、ふらつくように歩くと、立ち止まったりする。気分の悪さに耐えているのだということが、そばで見ているとよくわかった。いまは、歩き続けるというより、気分の悪さと闘うことだけを考えているようだ。

私は、時々老人の腕を摑み、歩く方向を導いた。歩き続けようとするだけで、老人は方向など頭にないようだった。

渋谷から恵比寿まで。いつもの老人なら、あっという間に着いてしまう距離だ。それが三十分以上かかった。

「もう、駄目《だめ》でしょう。救急車を呼びます」

老人の言い方は、それだけがしっかりしていた。誰にも動かされない、という意志が剝《む》き出しになったのだ。

「俺は、どうすればいいんですか？」

「放っておいてくれればいい」

「行き倒れになったあなたが、写真入りで新聞に出てる。俺はそれを見て後悔するだろうし、犯罪でも働いたような気分にもなるでしょう。あんたは、助けた俺を、そういう気分にして平気なんですか？」

「私は、歩かなけりゃならない」

「死ぬまでかい。それならそれで、俺と関係ないところで、勝手にやってくれよ」

「君とは」

「関係ができちまった。偶然にね。だけど、これが人生ってもんだろう」

「助けて貰った。それはわかってる」

「じゃ、救急車を呼びますよ」

「駄目だ、それは」

「頑固《がんこ》な爺《じい》さんだな。いい加減にしないと、一発食らわして病院に担《かつ》いで行くぞ」

「やめてくれ、それは」

「待ちたまえ」

「一発食らわされるのをかね。それとも、病院に担いでいかれるのをかね？」

「両方とも、やめてくれ」

「わかった。仕方がない。こっちへ来てくれ」

「どこへ？」

「病院じゃないことだけは、確かだ」

老人は、倒れそうになりながら、歩いた。

私のマンションの入口。渋谷から、私はここまで老人を導いてきたのだった。

「ここは？」

老人の顔が、はじめて怯《おび》えたものになった。

「俺の部屋。仕方ないだろう。とにかく、しばらく休めよ。そうするしかない。休めば、回復するんだよ」

ほとんど抱きかかえるようにして、私は老人をエレベーターに乗せた。

部屋に入り、ソファに老人を座らせると、私はバスルームで手を洗った。顔に腫《は》れているところはない。腹にはまだいくらか違和感があるが、明日には消えているだろう。

七万五千円の日当。それらしいことを、はじめてしたような気分になれた。

ミネラルウォーターを、コップ一杯老人に差し出した。こんなものが冷蔵庫に入っているのも、三日に一度は令子がやってくるからだ。

「ひと息で飲まないように。少しずつ口に含んで、躰にしみこませるようにして飲むのがいい」

「済まないな。助けて貰った上に、世話をかけてしまってる」

「なんだか、妙に頑固な人だね。急いでるようだったけど、そこには連絡してやろうか」

「急いではいない」

　老人は、水を口に含んだ。

　コップ半分を飲んだところで、老人はひと息ついた。しばらく、水を見つめている。

「何時だね？」

「七時半ってとこかな」

「そうか」

「遅刻かい、約束の時間に？」

「約束の時間なんてない。自分に約束した時間以外はね」

「わからんことを言う人だ。どっちにしても、その約束は守れなかったんだろう」

「ああ」

「そんなに、がっかりしたようにも見えないぜ。ほっとしたような顔をしてる」

「不思議だがね、確かにほっとしてる」

　残りの水を、老人は飲み干した。

冷蔵庫に、チーズやサラミソーセージなどが入っていたが、いまは出さない方がいいだろう。食べたら、また吐き気が襲ってきかねない。

「少し、楽にした方がいいな」

私は、老人のベルトを緩め、シャツのボタンを二つはずした。それから、上着を脱がせ、横たわらせた。頭の下に、クッションをあてがってやる。

「話していてもいいかね？」

「いいとも。俺は失礼して、水じゃなくビールを飲《や》らせて貰うよ」

「独身かい？」

「そうだ。女はいるがね」

「だろうな。独身男の部屋なのに、女の気配《けはい》がないわけじゃない」

「あんたは？」

「家内は亡くした」

「ひとりきりか」

「でもないが、ひとりきりでやらなければならんことができた。見苦しくないように、やってのけなきゃならんことがね」

水を飲んで、老人はずいぶん気分がよくなったように見えた。私は缶ビールのプルトップを引き、そのまま口をつけた。

「昔、剣道をやっていた」

「確かに、躰はがっしりしているね」

「怪我をしたよ、よく。特に足の筋肉をね。そういう時も、歩き続けて癒《いや》したものだった。怪我は、じっとしていればいい、というものじゃない」

「そうかな」

「私は、心に怪我をしてね。といっても、この歳で失恋なんてことじゃない。誰にも起きることだが、私はひどく取り乱した。ショックだった。つまり、心に怪我をしたわけだ。これは、自分でしか癒せない。歩き続けて、癒すことにしたわけだ」

「わからんね、なにを言ってるのか」

「わかって貰おうと思って、喋ってないからな。自分とした約束が守れるかどうか。それで見苦しくならずに済むかどうか決まる、と思っていたんだ」

「破っちまったんだろう、もう」

「自分と約束をする。そちらの方が心の怪我なんじゃないか。いま、ふとそんな気がしてきてね」

「もう、よせよ。自分との約束なんて、人に語るもんじゃない」

「そうだな」

「休めよ」

「喋っている方が、気分は楽でね」

「好きにするさ」

私は缶ビールを一本飲み干した。腹の違和感は、それで消えてしまった。煙草を出してくわえる。老人も手を出した。

「仕事は？」

「詩を書いてる」

街に詩を書きに出かけて行く。令子がそう言ったことが、私は気に入っているのだ。しかし私が書くのではなく、いろいろな人間の心が書く詩だ、という気もしている。

「ただ、詩じゃ食えないからね。ほかの仕事もしてる。土曜と日曜は、詩人の気分で街を歩き回っているよ」

「なるほどね。自由なのか」

煙草を一本喫うと、老人は眼を閉じた。

不意に老人が咳《せ》きこみはじめたのは、十分ほどそうしていてからだ。老人は上体を起こし、慌《あわ》ててソファの背にかけた上着のポケットを探《さぐ》った。白いハンカチ。口に当てられる。口から出てきたのは、苺《いちご》ジャムのように見える、痰《たん》だった。苺のかたちが、まだ崩れきらずに残っているような、幼いころによく口にしたジャム。それが二つ三つ出てきて、ハンカチを赤黒く染めた。

「吐いてしまった。だけど、気分はよくなったよ」

痰か吐瀉物かは、吐き出す時の仕草でわかる。間違いなく、痰だ。

「病院には、行った方がいいかもしれないな」

「どうせ、火曜日には医者に会う。古い付き合いの友人でね」

それ以上、老人は何も言わなかった。

老人が躰を起こしたのは、九時半すぎだった。水をもう一杯飲み、それから私に、金を貸して欲しいと言った。成城までのタクシー代には充分だろう、と思える額だ。

「明日、返しに来るよ」

「出かけていて、いない。日曜日は、街を歩き回っているんだ」

一万円札を差し出しながら、私は言った。

「どこかで、会えないか。私も歩いている」

「広い東京だよ」

「駒沢《こまざわ》公園の中央広場」

いかにも、詩が落ちていそうなところだった。私は頷いた。

上着を腕にかけて、老人が出て行く。足どりは、もうしっかりしていた。

老人が通りでタクシーを停《と》めて乗りこむのを、私は窓から見ていた。明日も、明後日《あさって》も、老人は街を歩き続けるのだろう。そして火曜日に、医者に会う。

私の仕事も、明後日には終りということだった。

明日、私との約束を守るために、老人が駒沢公園まで歩いてくることは、多分間違いないことだろう。それから、詩人である私と、一日街を歩き回るかもしれない。あるいは、金を返すとひとりで歩み去っていくかもしれない。

「誰にも起きることか」

タクシーのテイルランプが見えなくなってから、私はひとりで呟《つぶや》いた。

それから、自分が街でどんな詩を拾ったのか、しばらく考えた。よくわからなかった。私が老境に達して、はじめてわかる詩なのかもしれない、という気もする。

私は、明日の午前中に、塩崎に渡す報告書を書きはじめた。

報告書の中で、老人はただ歩いていた。まわりのものにはほとんど眼をむけず、憑《つ》かれたような表情で、ひたすら歩き続けている。

なぜ老人が歩いているのか、相変らずその意味はわからない。私は老人と偶然知り合いになることもなく、ただ尾行を続け、自宅へ帰りつくのを見届ける。

無能な探偵だった。

ただ、私は老人の心の中に、約束をひとつ作った。守ったか守らなかったか、本人にもわからない自分との約束ではなく、他人との約束を作った。それは、必ず果すことのできる約束だった。

誰にも起きることについては、誰にもどうしようもないに違いない。一万円札を一枚返す約束を、老人が果すことができるというだけで、私は仕事を終らせるしかなかった。

第四章　アフターケア

1

夜明け前に、ようやく部屋へ帰ってくれた。

ひとりきりというのが、いいのか悪いのかはわからない。ひとりきりだと報告すると、依頼人は半分ほっとした表情をし、もう半分で疑わしそうな視線を私にむけてくるのだ。

いい女だった。とびきりの美人というわけではないが、男を魅《ひ》きつけるものを色濃く持っていた。まわりの男が、なんとか手を出そうとしながら、出せずにいるのも見ていてわかった。

恵比寿《えびす》の自分の部屋へ戻ると、私はシャワーを使い、ビールを飲み、窓のカーテンが遮《しゃ》光性《こうせい》ではないことを呪《のろ》いながらベッドに入った。東向きの部屋なのだ。外はもう、明るくなりはじめている。

難しい仕事ではなかった。ペイがいいから引き受けたようなものだ。ひと晩で五万。依頼人が十日諦《あきら》めなければ、五十万になる。経費は別だ。

四日目の仕事が終ったので、二十万だと自分に言い聞かせながら、私は眼を閉じた。

ベッドから這《は》い出したのは正午過ぎで、私は顔も洗わず、三十分ほどランニングをした。汗を充分に搾《しぼ》り出す。以前は、三十分では汗が出きったという感じがしなかった。いまは、自分で自分をミイラにしているような気分になる。

冷蔵庫には、いつも食料が揃《そろ》っていた。三日に一度はやってくる令子《れいこ》が、悪いものは捨て、新しいものを補給していくのだ。私が部屋にいなくてもお構いなしで、私のベッドの中で寝ているのを見たのが、二日前だったか三日前だったか、はっきりしない。

食事を終えると、私はワープロにむかい、手帳に書きこんだことを整理して打ちこんだ。ワープロは覚えたてで、書くよりも時間がかかったが、いかにも報告書らしい感じにはなる。

ワープロを持ちこんだのも、令子だった。台所用品にはじまり、いまでは部屋にあるものの半分は、令子が持ちこんだものだ。そうやって、少しずつ私の生活は令子に侵食されている。大したことではなかった。すべて占領されてしまえば、その中に埋もれるか、あっさりすべてを捨ててしまうか、選べばいいのだ。

仕事は、午後五時にはじまる。場合によっては四時で、女には美容院というやつがあるのだ。

私はTシャツに、薄い夏のブルゾンをひっかけて、出かけた。Tシャツ一枚では、冷房が強い場所では寒いことがある。

旧型のブルーバードを近所の有料駐車場に置いていたが、都内の仕事は電車とタクシーと相場が決まっていた。車は、買い替えるたびに安く旧式のものになっていく。

約束の場所に、依頼人は先に来ていた。

私は遅刻していないことを腕時計でちょっと確かめ、席に行った。黙って報告書を差し出す。ウェイトレスが註文《ちゆうもん》を取りにきたので、私はトマトジュースを頼んだ。

「これで、ほぼ行動はわかるが」

報告書は簡単なもので、二、三分もあれば眼が通せる。複雑で思わせぶりな報告など、いまのところやりようがない。

「飲みに行く場所は、何カ所か決まってるみたいですね。一緒に行かれたこともあるんじゃないですか、山田さん」

山田という名は、怪しいものだと私は思っていた。名刺を貰《もら》ったわけではなく、連絡先も教えられていない。本人が山田と名乗っただけなのだ。

「私は、酒は飲まない方でね」

「あまり変化のある日常とは言えませんね。これ以上探《さぐ》って、なにかが出てきそうだという気配《けはい》もない」

「出てくるはずだ」

「続けろと言われりゃ、続けますが」

喫茶店の中は肌寒く、私はブルゾンを着こんだ。依頼人が、封筒をテーブルに置いた。十万。二日分ずつ貰うことになっている。仕事が終った時に払うと依頼人は言ったが、連絡先を教えて貰えないのなら、毎日払ってくれと私は言った。二日分ずつ払うと言い出したのは、依頼人の方だ。そのくせ、報告は毎日だった。

五十を過ぎた男が、三十にもならない女の行動調査を依頼してくることなど、めずらしくもなかった。男がどれほど疑《うたぐ》り深いものか、この商売をはじめて、私はいやというほど知った。

思いこんだことを、なかなか捨てきれないというところが、男にはある。思いこんだことに近い報告をしたからといって、満足するわけでもない。事実を知って、さらに苦しむだけの方が多いのだろう、と私は思っていた。

「昼間、なかなか電話が繋《つな》がらないことがある」

「キャッチホンにもしてないのですか？」

「嫌いなんだそうだ」

「四日調べたかぎりじゃ、疑わしいものはなにもありませんがね」

「私は、事実だけを知りたいんだ。君の主観を知りたくはない」

「わかりました」

「気を悪くしないでくれ。判断は自分でしたいということなんだ」

「気を悪くするなんて。仕事は仕事です」

「五万というのは、あくまで一日の手当であって、私が期待している情報があれば、応分《おうぶん》のボーナスは出すつもりだ」

「俺《おれ》も、できることならボーナスを貰いたいと思いますよ。彼女がなにかやってくればいい、と祈るような気分になることもありますね」

私の依頼人は苦笑し、軽く手を振った。

それが、もう行っていいという合図であることを、私は二日目から理解していた。立ちあがり、ちょっと頭を下げて、私は店を出た。仕草だけで人を使ってきた男。私には、依頼人についてのデータが増えるだけに感じられる。

東麻布《ひがしあざぶ》のマンションの前まで、私は十五分ほどかけて歩いていった。

五分も待たずに、彼女が出てきた。私は、彼女より先にタクシーを停《と》めた。こういうことは探偵の鉄則で、彼女がタクシーで走り去って私が取り残されるというのは、プロの仕事とは言い難かった。

いつものように、彼女は店へ直行した。土曜日だが、六本木は開いている店が多く、人出もあった。

彼女は、いわゆる酒場のホステスというわけではなかった。会員制のサロンのようなところで、女の子たちは十人近くいるが、全員が黒いベストに蝶《ちょう》ネクタイという恰好《かっこう》なのだ。そして客の席にはつかず、酒を作ったり、用事を聞いたりするだけらしい。

席までワゴンを押していって、そこでシェイカーも振るのだという。

この店に入ってしまうと、十一時半までは、少なくとも彼女は出てこない。店が閉るのは十一時半らしく、彼女が帰るのは、女の子たちが全員帰ったあとだった。十人近い女の子のチーフという役割のようだ。ただ、閉店間際に、経営者の中年男が回ってくる。すべてを任されているわけではないのだ。

変哲《へんてつ》もない、いくらかくたびれた感じの中年男だが、六本木だけでなく、東京じゅうに八軒の店を持っていた。それぞれが繁盛《はんじょう》しているらしいが、タクシーも使わず、電車で回ってくるのである。

その経営者と彼女が一緒に店を出てきたことがあったが、地下鉄の駅の近くで軽い挨拶《あいさつ》をして別れた。

私はハンバーガー屋で、チーズバーガーとコーヒーを買い、店の裏口が見えるあたりで立ったまま食った。最初の晩の時からそうだ。勤務時間中、女の子たちは裏口からしか出入りしない。

客は、六本木らしくなく中年以上が多く、値段の方もそれなりのようだった。私は一度入ろうとしたが、会員の紹介がないという理由で断られた。つまりは、鼻持ちならない店なのだ。

雨が降ったら、どこで張ればいいかも見当がつけてあった。幸いなことに、雨は一度も降っていない。

じっと待つのも、私の仕事の大きな要素のひとつだった。なんの役にも立たない時間だと思っても、五万円の半分近くは、そうやって立っていることに支払われていた。

彼女が、裏口から出てきた。エントランスの方からは、顔の知られた芸能人が出てきて、裏口の方へ歩いていった。面白《おもしろ》くなってきた。こういう状態になれば、私も案山子《かかし》のように立っていた甲斐《かい》があるというものだ。

裏口のところで、二人がなにか喋《しゃべ》っている。内容までは聞きとれない。二人の仕草で、芸能人の方が誘いをかけ、礼を失しないように彼女が断っている、と見ることができた。勲章《くんしょう》のように数多くのスキャンダルをぶらさげた、歌も芝居もやる中年にさしかかった男だが、こうして見ていると、普通の男と変らない口説《くど》き方だ。自分が有名であるという分だけ、なにか誤解している感じもある。

十分ほど喋っていたが、彼女はお辞儀をして店の中に消えた。媚《こび》のようなものはなにも見えず、ひどく迷惑しているというふうでもなかった。男の方は、不貞腐《ふてくさ》れたように、酔《よ》った足取りでどこかへ消えた。

報告書に書くことが、ひとつ増えた。少なくとも、彼女はあの芸能人に口説かれたのだ。依頼人は、相手の名前を見てちょっとびっくりするだろう。

また、待つだけの時間がはじまった。

夕方から、おかしな気配に私は気づいていた。私よりずっと露骨《ろこつ》に、彼女を尾行し、見張っている男がいる。ある程度以上は、決して近づかないが、執拗《しつよう》で大胆だった。まだ二十代の半ばというところだろうか。私には、気づいていない。その分、尾行の技術は私の方が上だった。

私はそのまま、男にも気づかれないように、十一時半まで待った。

女の子たちが、二人、三人と裏口から出てきた。経営者はやってきたが、十分で帰っていった。こういう店は、土曜日は客が少ないらしい。

十二時十五分に、彼女が出てきた。

タクシーを捕まえるという素ぶりはない。この時間の六本木は、空車を見つけるのには手間がかかる。

私はカンを働かせ、彼女より先に歩いて、一軒の酒場に入った。尾行した四日の間、彼女が六本木で飲みに行った店は、そこだけだったのだ。飯倉片町《いいぐらかたまち》の交差点に近い、狭《せま》い階段を昇った小さな店だった。カウンターの中に、バーテンが二人いるだけである。

私は、ボトルの値段表を見て、安いバーボンを一本頼んだ。音楽が、かなりのボリュームでかかっている。ジャズだった。それはBGMとは言えないほど店の中で幅を利《き》かせていて、客はそれを聴きに集まっているようでもあった。

私のボトルが眼の前に置かれた時、彼女がドアを押して入ってきた。

「よお」

男っぽい、気軽な挨拶をバーテンに投げかけ、私とひとつスツールを隔てたところに腰を降ろした。私は、勝手にオン・ザ・ロックを作った。音楽と氷が売り物らしい。拳《こぶし》ほどの大きさに、丸く氷が削《けず》ってある。

「早いじゃん、今夜は」

バーテンも、友だち感覚だった。私は、ジャズに耳を傾けているふりをした。毎日ジャズがかかっているのかどうかは、わからない。CDの数は、かなり揃っている。

「腹が減ったんだがな」

曲と曲の合間を狙《ねら》って、私はバーテンに言った。

「なんでもできますよ、冷蔵庫にあるものだったら」

「じゃ、ステーキ」

「夜中ですよ」

「今夜の曲に、軽食《スナック》は合わない。どうせならどんといった方がよさそうだ」

彼女が声をあげて笑ったので、私も笑い返した。尾行していた男は、店の外で待っているのだろうか。

「二百グラムぐらい、どんといきますか？」

「いいな。できれば、フライド・ポテトも欲しい」

私は、三杯目のオン・ザ・ロックだった。丸い氷の表面が滑《なめ》らかになり、溶けていくらか小さくなっている。バーテンは、その氷を新しいものと替えた。

「浅生《あそう》さん、土曜日も仕事ですか？」

「ドジなやつがいてね。ほんとは休みなのに、こんな時間まで働いちまった」

ボトルのネームタグに、私はすぐに自分の名を書きこんだので、バーテンはそれを見て名を言ったようだった。

「ステーキは、レアで？」

「ミディアム。レアで食いそうな男に見えるのかな」

「そりゃ、夜中にステーキですものね」

彼女が口を挟《はさ》んだ。

そばで見ると、かわいいという感じもある。大柄だから、遠くから見ているだけでは、どうしても大人っぽく思えるのだ。

「俺は、食いたいものを、食いたい時間に食うのが好きさ。夜中だから健康に悪いなんて考える方が、健康に悪いんだ」

「健康な間、人間はそう言うのよね」

私は、横をむいた。性急に彼女と親しくなろうとは、考えない方がいい。たまたま、酒場で言葉を交わした。そこでやめておいた方が、余計な警戒はされない。酒場などでは、気軽に男とも喋ってしまうタイプの女らしい。そういう女の方が、逆に男の下心に敏感だったりするものだ。

ステーキが焼きあがってくるまでに、私はオン・ザ・ロックをさらに一杯飲み、次を自分で作った。

肉を焼く音といい匂《にお》いがしばらく店の中に漂い、私の前に大きな皿が出された。うまいステーキというわけではなかった。バーの、カウンターの中で焼いているのだ。それでもハンバーガーばかりの食事が続いていたせいか、あっという間に二百グラムは胃袋の中に収まってしまった。私はショートピースを出し、カウンターにちょっと叩《たた》きつけて葉を詰め、ジッポで火をつけた。

「やっぱりレアね、似合うのは」

彼女が言ったので、私は肩を竦《すく》めてみせた。

もうひとりのバーテンが、彼女に話しかけはじめた。歌手の話のようだった。ロスで録音したものがどうだ、とか言っている。

「来たわよ、さっき。『クラブ・X』で待ってるって、しつこく言ってたから、いまごろ潰《つぶ》れてんじゃないかな」

「ヒロミにゃ、すぎた相手なのにな」

「趣味じゃないんだよな。女の口説き方、知らないよ、あいつ」

それから、話は共通の友人のことに移っていったようだった。

オン・ザ・ロックを空けると、私はネームタグを一度指で弾《はじ》き、勘定を頼んだ。彼女は、私の方を見ようともしない。

領収証も貰って、私は腰をあげた。彼女は、もうひとりのバーテンとの話に夢中だった。

階段を降りて舗道《ほどう》に立つと、あの男が電柱の後ろに立っていた。鏡を見ているような気分が、不意に襲ってきた。

私は、しばらく歩き、店の入口と男の姿が両方見える位置をとって、電柱の陰《かげ》に立った。

彼女が出てきたのは二時過ぎで、そのまま東麻布のマンションに帰った。

2

依頼人は、私の報告書を読んで考えこんでいた。日曜日だった。御苦労なことだ、という言葉を私は呑《の》みこんだ。

「この芸能人の方はわかった。彼女が突っぱねたのも、わかった。しかし、このもうひとりの尾行者というのは、なんなんだ？」

「まず、俺が訊《き》きたいのは、俺以外に別な探偵を使っていないかということです」

「そんなことを、するわけがない」

「ほんとですね？」

「嘘《うそ》を言って、どうなる。日数がかさんで、ずいぶんと金がかかるようになっているのに、ほかの探偵を雇《やと》う余裕などあるものか」

金のことを言われると、なんとなく納得した気分になった。日当のほかに、十六万円の経費も請求してやったばかりだった。半分は捏造《ねつぞう》した領収証だが、半分はほんとうにかかった経費だ。

「とすると、あなたと同じように、探偵を雇って彼女を調べている人間がいる、ということになりますが」

「信じられんな」

私には、彼女が月四十万円で、この男の愛人をやっているということの方が、信じられなかった。きちんと働いているし、マンションも場所こそ東麻布だが、ワンルームでそれほど高いところではない。

「私以外にも、男がいるということかな」

男友だちは、沢山《たくさん》いるだろう。女より、男と友だちになってしまうようなタイプだ。しかし、いわゆる男の影はなかった。もっとも、調べたのはまだ五日間だ。

「そっちの方も、突きとめてくれないか？」

「しかしな」

「日当を払ってるだろう」

「あくまで、彼女の行動の調査についてです。そっちの方までやるとなると、同業者とバッティングすることにもなるし」

「種類の違う仕事だから、別のペイが必要だと言っているのか。私には、関連したことのように思えるがね。いいだろう。五割増しにしよう。ただし、二日間で調べてくれ」

「危険手当が入っていませんよ」

「ほんとうに危険な目に遭《あ》った時は、十万別に払う。それでいいか」

いまいましそうな眼で、依頼人は私を見た。私も、あまり気乗りしていないという表情を作って、小さく頷《うなず》いた。

「それから、彼女にはしばらく会わない方が無難ですね。なにしろ、別の方からも尾行がついてるんだ。そのうち、あなたが尾行されることになりかねない」

「その間も、私はあの女に金を払っているんだぞ」

「勿論《もちろん》、尾行されるのが構わなければ、いつでも会ってください。俺はただ、忠告しただけのことですよ」

依頼人は、またいまいましそうな表情をした。私は、すっかり冷《さ》めてしまったコーヒーを飲み干した。

「馬鹿な男と思うか？」

「彼女のことを、気にしまくっているのがですか。当然と言えば当然だな。四十万円払ってるんでしょう。俺だったら、首に縄《なわ》をつけておきますね」

「そうするかね、ほんとに？」

「四十万払ったことがないんで、よくわかりませんが。払えもしないしな」

「結構な負担さ」

「でしょうね。毎月なんだから」

「もう、一年以上になる」

私はちょっと首を振り、腰をあげた。

日曜日も、私の仕事は休みではなかった。私は東麻布のマンションの近くで、まず周囲を探った。あの男も、休みではなかった。張りこむにしろ尾行《つけ》るにしろ、距離を縮めすぎる傾向があるようだ。マンションの玄関から二十メートルほどのところに隠れているが、上からはお見通しだろう。

午後四時に、Tシャツにショートパンツという恰好で彼女は出てきた。コンビニエンスに入り、ひと抱えもの買物をして、マンションへ戻った。六時に、男女の二人連れが、彼女を訪ねた。彼女が下まで迎えに出ていたことで、それがわかった。似たようなマンションが、いくつかあるのだ。

私は、自分の部屋へ帰った。

令子が来ていた。日曜は休みと決めこんでいるらしく、しっかりと夕食の仕度がしてあった。もっとも、私が戻らなくてもいっこうに気にしない。

令子が、近くのコンビニエンスまで買物に出た隙《すき》を狙って、私は携帯電話で彼女に電話をした。マンションのセールスマンを装《よそお》ってだ。

背後で、人の笑い声が聞える。つまり、客を迎えてパーティというわけだ。深夜まで続くだろう。

「頭金を、どうしろと言うのよ。それが問題なんじゃない」

頭金だけ払えば、あとは家賃と同じ額でマンションが自分のものになる。私はそう言ったのだった。

「お生憎《あいにく》さまね。相手を間違えてる」

「そりゃ、どうも」

音楽もかかっていた。ロックというやつだ。私はあまり好きではなかった。

電話を切ると、私は煙草《たばこ》を一本喫《す》った。令子が、香辛料を買って戻ってきた。ビーフシチューの匂いがしている。何時間か、煮こんだものなのかもしれない。

「たとえば、五十の男がだな、四十万払うと言ったら、おまえ愛人になるか？」

「相手によりけりよね」

キッチンに立ち、私に背をむけたまま令子が言った。

「いやな相手だと、いやか？」

「当たり前でしょう。女だって、人形じゃなく人間なんだから」

「どうしても、金が必要だったら？」

「働くわ」

「働いても、四十万足りないわけさ」

「難しいな、それは。日ごろから、お金に困らないようにしておくわ」

「それは、まったく堅実な回答だ」

「当てにならない恋人を持つと、こんなものよ」

私はダイニングの椅子《いす》に腰を降ろし、令子の後ろ姿を見つめた。結婚しようと言われたことはない。結婚したがっているのかどうかも、わからない。男には、都合《つごう》がよすぎる女だ。どこかに、罠《わな》があるような気もする。

「なによ？」

「いい女だ、と思ってさ」

「どういう意味？」

「大した意味はない。ふとした感想ってやつだ」

「女は、やるわよ」

「なにを？」

「さっきの、愛人の話」

「どうしても四十万必要なら、嫌いな男の愛人にもなるってことか」

「お金を愛せばいいんだから。愛したものに、薄汚ない男がくっついているってだけの話よね。そういう割りきり方は、できる人が意外に多いと思うわ」

「なるほど」

「面白い？」

「なにが？」

「いま、かかっている仕事。どうやら、愛人関係の調査みたいね」

私は肩を竦めた。

彼女が、どうしても四十万必要だとは、私には考えられなかった。毎晩のように、飲み歩いている。その時間があれば、別の酒場で働くことも可能なはずだ。

「男を、嫌いじゃなかったら？」

「それでも、お金は欲しい。持っている相手だったら、貰うのが女ね」

「俺は持っていない。だから、くれとも言わないのか？」

「まあね。それに、あなたはいまのところ、ちゃんと役を果してくれてるわ」

誰《だれ》かの身代り。それは、ずっと感じ続けていることだ。役という言葉で、令子に言われたのははじめてだった。

私は煙草をくわえた。令子を捨てた男の代役だとしたら、探偵にはいかにもお似合いということになる。

令子が、小皿に移したシチューのソースの味見をしていた。

明日の朝まで令子はいて、それから会社へ出かけていく。私は、明日の食事として鍋《なべ》一杯のシチューを食うことになるだろう。なにもめずらしいことではなかった。いつものことだが、毎日同じことがくり返されているわけではない。三日に一度。しかも私がいない時はしばしばだから、ほんとうは四日か五日に一度という程度かもしれない。

こんな場合、あたしはあなたのなんなの、と女の方が訊いてきそうなものだが、心境としては私の科白《せりふ》だとも思えてきたりするのだった。

「結婚はしたいか、令子？」

「したいと言ったら、してくれる？」

「一般論として、俺は訊いてるんだ」

「一般論として答えれば、面倒だなと思うところもあるわね。紙一枚があるために、別れようと思ってもなかなか難しかったりするわけだし」

紙一枚で、苦労している男や女が、私のメシの種になることはよくあった。なぜだと考える前に、紙一枚があるからだと思うことにしている。

「夜中に、飲み歩くという心境は、結婚とは程遠いものかね？」

「それも一般論ね。むしろ、結婚に近いところにいるような気もするわ。多分、そんな時って淋《さび》しいんだろうから。淋しさを癒《いや》してくれそうだな、と思える男が見つかったら、すぐ結婚してしまうかもね」

「なるほど」

何本目かの煙草を、私は灰皿でもみ消した。令子のように、結婚ごっこのようなことをしていれば、逆に結婚に対する無意味な憧《あこが》れなどなくなってしまうのかもしれない。

「ねえ、今度の事件じゃ、殴《なぐ》ったり殴られたりってこと、ないの？」

「まるで、期待してるみたいだぜ」

「そうじゃないけど、眼の周《まわ》りの痣《あざ》が、あなたが仕事をしてる証拠みたいなものだと思うことがあるから」

言って、なにかを思い出したのか、令子が噴《ふ》き出し、ひとしきり笑い続けた。

まるで、新婚の家庭のような夕食がはじまった。

「あたしを、適当なサンプルにしてしまわないでね」

「いつも、一般論を聞かせてくれる。言ってみりゃ、俺の顧問みたいなものさ」

「なにか、ひどくなりそうな予感があるの？」

「仕事にかかってる時は、予感だらけさ」

「まあ、自分で解決することね」

母親のような口調も、やはり遊びのような気がしてくる。

「今度、事務所を構えようと思ってる」

「そこそこに、仕事があるようだものね」

「たとえば、この部屋を事務所にしてしまうんだ。俺は湘南《しょうなん》かどこかの海辺のマンションなどに引越して、ここへ通《かよ》ってくる。ここには、若くて元気のいい女の事務員がひとりいて、受けるべき仕事かどうか、彼女がある部分までは判断する。俺が喜びそうだと思った事件だけ、俺に話を繋ぐ」

「無理ね」

「どうして？」

「どれが面白い事件かは、あなたじゃなきゃわからないわ。いつも、鼻で嗅《か》ぎ分けてるんだから。客が見て圧倒されるような、美人の女の子を置いておくのね。電話番だけで、ほかの仕事はできなくてもいいんだから」

「それも手か」

私は、赤ワインを口に含んだ。

いまのままでは、人を雇うことはおろか、ここことは別に住居を持つことも無理だろう。家賃を払えるかどうか、という稼《かせ》ぎしかない月もあるのだ。それでも、依頼人はこのところいくらか増えつつあった。

食事を終えると、私はベッドに寝そべってぼんやりしていた。仕事は、やったことにしてしまえばいい。夜中の十二時ごろ、間違い電話でも入れて、彼女が部屋にいることを確かめれば、報告書は書ける。第一、毎日報告書を寄越《よこ》せという方が、無理なのだ。人間の生活の中に、報告して面白いことが、そうあるはずもなかった。

令子が、食事のあと片づけをしている音が聞える。眼を開けると、後ろ姿も見えるだろう。

遠くで、電車が通りすぎる音が聞えた。

3

その店に入っていくと、私はカウンターの端に腰を降ろした。

黙っていても、土曜日に入れたバーボンをバーテンが出してきた。彼女は、まだ註文もしていないようだ。午前一時を回ったところだった。

彼女は、私を見て思い出したらしく、ちょっとだけ頭を下げた。

「ステーキ、どうですか、浅生さん？」

バーテンが笑いながら言う。小さいが、感じの悪い店ではない。そう思えてきた。

「今夜は、ブルースがかかってる」

「だから？」

言ったのは彼女だった。

「ブルースだと思うと、酒だけ飲んでいたい気分になってくる」

「どうしてよ？」

「俺の胃袋が、そうできてるってことさ」

バーテンが声をあげて笑った。

「不躾《ぶしつけ》だが、一杯奢《おご》っていいかね？」

「うん。こいつらにもね。これで結構真面目《まじめ》で、客の酒に勝手に手をつけたりしないの。酒が好きでたまんないくせに」

私は頷いた。オン・ザ・ロックが三杯作られ、四人でグラスを触れ合わせた。

「ところで、ちょっと顔見知りなわけだし、余計な話をしていいかな？」

「なに？」

私はスツールをひとつずれて、彼女の隣へ行った。私が口説きはじめるとでも思ったのか、バーテンがさりげなく離れていく。ほかに客は二人いた。

「俺はさっき、君の後ろを歩いてた」

「でしょうね。あたしがここへ入ってきて、すぐに来たんだもの」

「まったく余計なことかもしれないが、君を尾行している男がいた」

「ほんと？」

彼女の顔から、笑みが消えた。

「多分、尾行ているんだと思う。ああいうのは、後ろから見ていると、手品師の手もとみたいなもので、よくわかってしまうんじゃないだろうか」

「ここのとこしばらく、変だなとは思ってるんだけど」

「まあ、俺がそう思ったってだけだが」

「注意してくれて、ありがとう」

「若い男だった。ひどい振り方でもしたんじゃないのか」

「それは、余計なお世話よ」

「まったくだな」

私は、自分のスツールに戻った。煙草に火をつけ、ブルースに耳を傾ける。

「ねえ、そいつのこと、もう一度見ればわかる？」

今度は、彼女がスツールを移動してきた。

「わかるよ。しばらく後ろを歩いてたし、店に入る時に顔もしっかり見たから」

「そう」

それだけで、彼女は自分のスツールに戻った。私が投げた餌《えさ》に、彼女がどんな食いつき方をしたのかは、まだわからなかった。

私はしばらく、バーテンとジャズの話をしながら飲んだ。バーテンは、同じ歳《とし》ごろの二人だったが、片方は経営者のようだった。私が喋っている小柄な方が経営者だと、しばらくしてわかった。

「ジャズとロックとブルース。どんなふうに分けてかけてんだい？」

「別に、これといった理由はありませんよ。気分でかけてるだけです。それに、ジャズもロックもブルースも、明確にジャンル分けができるってもんじゃなく、同心円にあるような音楽ですからね」

「そのあたりは、俺もよくわからんが、なんとなく分けて聴いているという気もする」

「どんな聴き方でもいいんです」

彼女は、急に口数が少なくなっていた。その分、私とマスターが喋り続けた。音楽好きの客だと思われたようだ。

「浅生さん、お仕事は？」

「詩を書いてる」

街に書く詩。令子に言われたことが、自分で思いついたことのような気がしはじめていた。そして私は、その言い方が気に入っていた。

「それだけじゃ食えん。食うための仕事もやってるが、むなしくて喋る気にもなれないよ」

「私もですよ。ほかの店で職業を訊かれて、ミュージシャンと答えたことがあります」

「酒を飲んでる時ぐらい、詩人でいたい。ミュージシャンでいたい。いいんじゃないか」

「そうですね。まったくだ」

「もう一杯、やれよ」

マスターが頷いた。

彼女は、時々酒を口に運びながら、黙り続けていた。心の中の状態が、すぐに態度に出る女でもあるらしい。

「ねえ、どこか一軒つき合わない？」

「このまま飲み続けると、朝になっちまうな」

「おかしなこと、あたしにふきこんだの、あなただからね。これからうちに帰るまで尾行られるかもしれないと思うと、いやな気分よ。それより、怕《こわ》いな」

「変だ、とは前から思ってたんだろう？」

「なんとなく思ってることと、はっきりわかってしまうことは違う」

「そうだな」

私が目論《もくろ》んだ通りに、彼女は餌に食いついてきていた。

「飲むのをつき合うだけだ。ベッドはいかんぞ」

「馬鹿馬鹿しい」

彼女が笑った。

「じゃ、赤坂へでも行かない？」

「いいよ」

私は、彼女の分まで勘定を払い、領収証を貰った。どうせ、ほんとうに払うのは私ではない。

彼女は、私が席を立つのを待っていた。狭い階段こそ別々に降りたが、舗道に出ると、私の腕に両手を回してきた。怕がっているようには見えない。ことさら尾行者を意識してのことか、と思えた。男は、二、三十メートル離れて付いてきている。

「わかるだろう？」

「言われてみるとね」

「ヒロミちゃんと、あの店のマスターは呼んでたな」

「あ、藤井裕美《ふじいひろみ》。あなた、浅生さんでしょう」

「どうして、知ってる？」

「ボトルのネームタグなんかには、なんとなく眼がいくの。これでも、水商売だし」

裕美は、ジーンズにサマーセーターという恰好だった。

「水商売が、こんな時間に飲み歩いてるか」

「それが、十二時にはあがりなのよね。あたしは、一時ぐらいまでかかることはあるけど。うちが終ってから、ほかの店のバイトに行ってるやつらもいる」

「ふうん、六本木で、十二時に看板か」

「ほんとは、十一時四十五分。十一時半がラストオーダーだから」

裕美は大柄で、外人のような体型をしていた。つまり、腰の位置が高い。

「いい躰《からだ》してるな。なにかやってるの？」

「格闘技一般。昔はアメフトもやってた」

「それは頼もしい。あんなのが襲ってきても、一発でのしてやれるね」

「冗談《じょうだん》じゃない。気持の問題ってやつがあって、俺は殴り合いなんかしたくない。やさしすぎて、人を殴るのが耐えられないんだ。つまり手が出せない。そうしている間に、殴られてしまう」

飯倉片町の交差点の近くで、タクシーを停めた。二時半を回っている。この時間になると、六本木から赤坂というコースも、それほどタクシーには嫌われないようだ。

「あいつ、やっぱりタクシーに乗ってる」

ふり返って、裕美が言った。

すぐに赤坂で、一ツ木通《ひとつぎどお》りに入った。

「あまり、ふりむくな」

「だけど、一回ぐらい睨《にら》みつけてもいいんじゃない。ひとりの時じゃ怕いから、降りた時がチャンスだな」

「警戒されるぞ。気がつかれたと思うと、尾行しているのがわからないようなやり方でくるかもしれない。放っといた方がいい」

「だけど、逃げるかもしれないでしょう」

「俺の見たところ、あいつ、専門家だな」

「専門家って?」

「つまり、探偵みたいなやつさ」

車を降りた。店のすぐ前で、ドアを開ける時、私はちょっとだけ後ろを確かめた。男はタクシーを降りて、こちらへむかってこようとしているところだった。

この店にも、私は裕美を尾行てきたことがあった。やはり従業員たちとは、気軽な友だちという感じだ。こんな店が、都心に何軒かあるのだろう。そして毎晩のように、そこを飲み歩いている。

「ここは、あたしが奢るね」

「よせよ。男の顔は立てるもんだ」

「悪いな。ボディガードまでやらせてるのに」

「白馬の騎士にしちゃ、ちょっと歳を食ってるが」

女の子が三人いた。ひとりがママらしい。

「ヒロミ、新しい男？」

「おう、そう見えるんだ。捨てたもんじゃないよ、浅生さん」

「おまえの男に見えて、どうして捨てたもんじゃないんだ？」

「滅多《めった》に、そうは見てくれないんだ。弟みたいのを連れ歩いてると思われるだけでね」

客は多かった。ほとんどが常連らしく、裕美に声をかけた男も何人かいる。

毎晩こんな場所を飲み歩いているというのは、ひとりでいるのが耐えられないタイプの人間だからかもしれない。探偵をやっている間に、そういう人間を何人も知った。

腹が減ってきたので、私はスパゲティを頼んだ。覚束《おぼつか》ない手つきで、女の子が作りはじめる。

「探偵に尾行されるようなこと、なにかしたのか？」

「なによ。悪いことでもしたみたいな言い方じゃない」

「なにもなきゃ、あれは探偵じゃなく、おまえに惚《ほ》れちまった男だぜ」

「気持悪い。よしてくれよな。とにかく、あたしは不愉快《ふゆかい》だよ。人を尾行るなんてことが、いやだね。人間のやることじゃない」

それから裕美は黙りこみ、なにかを考えはじめたようだった。

「決めた」

しばらくして、裕美が言う。なにを決めたかは、言わなかった。

「行こうよ」

「どこへ？」

「ホテル。でも誤解しないでよ。二、三時間、一緒にいるだけ。あいつ、どうせつまらない想像をするだろうしさ。その時の顔を、見てやるんだ」

裕美は、勝手に手順を決めていた。つまるところ、人畜《じんちく》無害な男だと思われたということだ。

「行こう」

「待てよ、おい」

「ここまでつき合ったんだから、最後までつき合ってよ」

私はちょっと考え、勘定を払った。

ホテルへ歩いてくる間も、あの男はついてきていて、私たちがチェック・インする姿もロビーの隅からしっかり見ていた。私と裕美は、腕を組んだままエレベーターに乗りこんだ。

4

三人だった。

ひとりは、あの男だ。あとの二人も、チンピラに毛の生《は》えたようなものだった。

東麻布の、裕美のマンションのそばだ。私と裕美は、きっちり二時間ホテルにいて、出てきたのだった。

五時を回ったところで、まだ人通りはなかった。男たちは、ワックスで磨《みが》きあげたソアラに乗っていた。

「なんだね？」

私が、裕美を送ってきてそのままタクシーを降りたのは、こういうこともあるだろうと思ったからだ。思った通りのことが次々に起きてくると、妙に拍子《ひょうし》抜《ぬ》けしたような気分になる。

「俺に、なにか用事かね？」

「おまえ、藤井裕美の男だな？」

「だったら、どうする」

二人が、つかみかかってきた。二、三発顔に食らったが、急所に飛んでくる拳だけはかわした。

尻餅《しりもち》をついた。そこに蹴《け》りがくる。私は腹を抱え、背中を丸めた。まったく効《き》いてはいないが、連中には充分に思えただろう。

車が、一台やってきた。すぐそばで停《とま》ったので、私は顔だけあげた。赤いポルシェだった。乗っているのは、裕美を口説いていた、あの芸能人だ。

ウインドグラスを降ろし、眉間《みけん》に皺《しわ》を寄せて私を見降ろしている。

「裕美は、いいぞ。ベッドの中じゃ、暴れ馬だね」

言いながら、私は上体だけ起こした。

ポルシェのドアを開けて、芸能人が降りてきた。いかにも芸能人らしく、曇《くも》りひとつない靴《くつ》を履《は》いていた。

「裕美の男ですよ。だけどこいつ、ホテルで抱いたんですよ。それから、ここへ送ってきたんです」

「そんなこたあ、電話で聞いた。とにかく、こいつはさっきまで裕美を抱いてたんだな」

「間違いないですね」

「どうってこともねえ男じゃねえか。こんなののどこがいいんだ」

「おまえ、誰だ？」

私は、腹を両手で押さえたまま言った。

「足腰が立たないようにしておきましょうか？」

「ああ」

蹴りがきた。私はそれを両手で受けとめ、持ちあげた。男が、尻から落ちる。

私は、立っていた。二人が襲いかかってくる前に、びっくりして突っ立っている芸能人の顔の真中に、充分に体重をのせた右を叩きこんだ。鼻梁《びりょう》が潰れる感触が、はっきりと拳に伝わってきた。

仰《あお》むけに倒れた芸能人が、鼻血が噴《ふ》き出した顔を両手で押さえて、悲鳴をあげた。

「待ちな」

襲いかかってこようとした二人に、私は声をかけた。

「この芸能人が出てきて、つまらん真似《まね》をした。それが確かめられりゃ、俺はいい」

芸能人は、まだ呻《うめ》きをあげ続けている。

「放っとくと、商売道具の顔が台無しになるぜ。鼻の骨は潰れてる。早いとこ修復した方がいいな」

「てめえは」

「やめとけ。俺は素人《しろうと》じゃない。だが、三人を相手となると、手加減もできん。大怪我《おおけが》をすることになるぜ」

探偵が、芸能人のそばにしゃがみこんで、おろおろとしていた。

「なんで、おまえら止めなかった。躰張っても止めりゃよかっただろう。先生が顔に怪我をしたら、どういうことになるかわかってるのか」

二人の姿勢が低くなった。

私は踵《きびす》を返そうとし、ふりむきざまに足を飛ばした。軽い蹴りが入った。次の瞬間、腰の回転に体重をのせて、右の拳を突き出した。男が、棒のようにふっ飛んで倒れた。もうひとり。拳。かわしようがなく、私は肩で受けた。次の拳は、耳を掠《かす》った。躰がぶつかり合う。私は身を沈め、男の躰を担《かつ》ぎあげると、舗道に叩きつけた。

二人とも、まだ参ってはいないが、かなり怯《ひる》んだようだ。

「裕美には近づくなよ、先生。今度近づいたら、マスコミに洩《も》れるぜ」

芸能人は、まだ呻き続けている。

「それから、おまえ」

私は、しゃがみこんでいる探偵に言った。

「もう少し、ましな仕事をしろ。女を尾行回《つけまわ》すなんて、最低の男がやることさ」

男が、私を見あげてくる。自分自身と見つめ合っているような気分が、襲ってきた。

私は踵を返し、大きな通りに出ると、タクシーをつかまえた。タクシーに乗りこんでから、私は大きく息をついた。しばらく、荒い呼吸が収まらなかった。汗も噴き出している。

部屋へ戻ると、私はシャワーを使い、顔の痣を入念に点検した。充分に、十万円分の痣にはなっていた。

ビールをひと缶《かん》飲み、ベッドに横たわった。

すぐに眠れはしなかった。頭の中で、事の成行を整理してみる。仕事の範囲を、何カ所かで踏み出していた。報告書を作る時に、注意して書かなければならない。

いつの間にか、うとうととしていた。

正午前後に眼が醒《さ》める。これは習慣のようなものだ。

私は、毎日のランニングを省略し、フライド・エッグとトーストとセロリの食事をすると、すぐに報告書を作成した。

できあがったのは午後三時で、それを持って車で出かけた。

約束の喫茶店に、依頼人は先に来ていた。この男が、私より遅れてきたことは、一度もない。男が報告書を読んでいる間、私は躰に痛みがあるような表情を崩《くず》さなかった。

「つまり、こういうことか」

「芸能人だと、女はどうにでもなる。そういうつまらない思い上がりが、そうさせたんでしょうね。言うことを聞かなければ、腹を立てる。まあ、女みたいなやつですが」

男は、もう一度報告書を読み直しはじめた。私は、冷《さ》めたコーヒーに口をつけた。

「痛むかね？」

しばらくして、男が言った。

「多少はね」

「悪かった。危険手当は、十万でいいのか？」

「そりゃもう」

医者の診断書を出せ、とでも言いはじめると思っていたので、私は一も二もなく頷いた。

「身につまされる」

「なにがです？」

「私は、君が女みたいだと言った、この男と同じようなことをやっていたらしいな」

「そんなことはありません。経済的な負担をしている分、あなたには調べる権利もあるんです」

「ないよ」

男がうつむいた。煙草を出してくわえる。

「自分以外の人間を調べる権利なんて、誰にもない」

「そう思ったら、やめればいい」

「そうだな。危険手当も含めて、君に全部支払いをしてしまいたい。これで終りにするよ。そうした方がよさそうだ」

かなりの金にはなった。私は自分に言い聞かせた。ただ、なにかもの足りない。ひとつやり残した事があるような気がする。

「あんな若い子が、私のような男に心を寄せてくれることは、もう一生ないかもしれないと思った。そう思うと、すべてが不安になった。電話で、誰かと喋っている。明け方まで飲み歩いている。そんなことが、みんな不安の材料になった」

「当然だろうと思いますが、彼女は淋しいんじゃないかな。あなたのことは、好きなんだろうと思いますよ」

「娘より、歳下だよ」

「そんな恋愛も、めずらしくありませんよ」

「金にも、こだわりすぎた。四十万出している。そういう気になった。あれを、金で縛《しば》っておかなければならない、とどこかで思っていたんだろう。それだけ、私は自分に自信がないということだ」

裕美の態度には、男を不安にさせるものがかなりあったのだろう。身勝手な振舞《ふるま》いが多い女だ。

「どうするんです？」

「耐えることも、私のやることのひとつのようだ。もっと鷹揚《おうよう》に、あの子を見ていられるようになりたい」

「できますか？」

「やるしかないだろう」

「そうですね」

「本名も名乗らないで、君には失礼した。おまけに、怪我までさせてしまった」

「仕事です」

男が、名刺を差し出した。

「ここまできて、男らしくなったところで仕方がないと思うが、名乗りたくなかったんじゃない。名乗ったってどうということもない名前なんだ。ただ、後ろめたいことをしているという気が、どこかにあった」

名刺には、会社の名前と肩書があった。精密機械メーカーの、技術開発部長。取締役の肩書も付いている。名前はどこかで聞いたことがある、という程度の会社だった。

「ずっと、技術屋としてやってきた。地味な職場でね。父の遺産がかなりあるので、経済的な余裕はある。それでも、道楽ひとつやったことがなかった」

「彼女をかわいがるのは、悪い道楽ではないと思いますがね」

「道楽で、やっていいことかね」

「でなけりゃ、ほんとにのめりこんで、家庭崩壊ってやつですよ」

「できんよ。よくわかる。私にそういうことはできん。同時に、あの子も手放したくない。身勝手なんだな、多分」

「その身勝手さに、四十万の罰金を払ってると思うんですな」

「じゃ、俺の仕事はここまでということで。いままでの分、計算しましょうか、安原《やすはら》さん？」

「そうしよう」

安原正延《まさのぶ》というのが、男の名前だった。

「五十万ある」

安原が、封筒を差し出した。

「銀行から下ろしてきたばかりのところでね。ちょうどよかった」

「全部いただくってわけにはいきませんよ」

「いや、いい。君にも、罰金を払う。こんな金の使い方をするタイプの人間じゃないんだがね」

安原が、思っていたよりずっと紳士に見えてきた。心のありようで、男というのはそんなふうにも見えたりするものらしい。

封筒に手をのばすのが、ちょっとためらわれたが、それでも私はしっかりと封筒を握り、ブルゾンのポケットに突っこんでいた。

「じゃ、これで。アフターケアが必要な時は、いつでも言ってください」

私は腰をあげた。

これ以上、安原とむかい合っていたくはなかった。

喫茶店の外に出ると、まだ照《て》りつけている陽ざしの中を、私は車を駐《と》めた場所まで歩いた。

5

電話が鳴ったのは、七時過ぎだった。

新しい依頼人かもしれないと思って手をのばした。こういうふうに順調に仕事が続けば、ここを事務所にしてしまうことも夢ではない。私は湘南の洒落《しゃれ》たマンションから通ってくればいい。

「済まないな、しつこくて。しかし、君に相談してみるしかないと思ってね」

安原だった。私はちょっとがっかりして、ベッドに座りこんだ。

「いきなり、彼女からさよならと言われた」

「どういうことです」

「探偵を雇って、人を殴らせるような男は、最低だと言われたよ。探偵を雇ったことは事実だが、人を殴らせた憶《おぼ》えはない」

「そうですよね、確かに」

「君が殴られたことが、どこかで混線してしまっているんじゃないだろうか」

「彼女に、説明しました？」

「いや、なにも。反論もできないまま、電話を切られた」

「本気かな？」

「わからないが、前にもいきなりさよならと言われたことがある。彼女の誕生日に、一緒にいてやれなかったんでね。三日ほどは、電話にも出ようとしなかった」

「どうやって、縒《よ》りが戻ったんです？」

「電話があったよ。淋しいから、一緒に飲もうと。日曜だったがね。私は、ゴルフの約束をキャンセルして、彼女の部屋へ行った」

「なるほど」

責任の大部分は、私にあるようだった。

夕方、裕美のマンションの前で待っていて、殴られた顔を見せてやったのだ。客観的に見れば、自分の都合だけで勝手に男をひっぱり回し、怪我をさせたということになる。その身勝手さを、私は見せてやったつもりだった。性格は悪くないが、どこかわがままで身勝手だというのが、私の分析だったのだ。その結果を見せたつもりが、つまりは余計な真似をしたということになっている。

「探偵を雇った話、彼女にしてませんね？」

「なにも」

いかにも、肩を落としたという声だ。

「これからも、しないでください。俺と会っても、ただの知り合いだと思ってください。それができるなら、お手伝《てつだ》いしましょう」

「また探偵を雇うなんてことは、したくない。君に電話をしたのは、事情を詳しく確かめたかったからだ」

「無料ですよ。アフターケアとでも思ってください。ただ、なにがあっても、俺の商売のことは知らない。関係もない。そう思ってくれませんか」

「思うことは、できるが」

「今夜は、夜中まで大丈夫ですね。できれば、明日の朝まで」

「なにをする気だ？」

「それも、関係ない。つまり、あなたはなにも知る必要もない。俺の言う通りに動いてくれればいいんです」

「なぜ？」

「俺にも、多少の責任はあります。それに、父親のような男にしか惚れられない女の子が、いい相手を失うことも黙って見ていられませんし」

「私は確かに、父親のような男だが」

「そんなつもりで彼女を包んでやれば、長続きしますよ。それから、もうちょっと器用になるんです。外に女を囲おうというんですからね」

「さよなら、と言われたよ。軽蔑《けいべつ》しきった口調でね」

「だからですよ。やさしいだけじゃ駄目《だめ》で、時には尻をひっぱたいてやるんです。とにかく、俺に任せてください。夜中まででいい」

「わかった。君が好意でなにかやってくれるというのなら。少なくとも、人を殴らせたりはしていないことだけでも、彼女にわからせてやってくれ」

「また、それだ。あなたは、探偵なんか雇ってない。雇ったこともない。彼女に対しては、絶対にそうしてください。それができないなら、俺も手伝うわけにはいきません」

「できる。いまは、君しか頼れる相手がいない」

「わかりました。今夜は、俺が言う通りに動いてください。いいですね」

私は、二つ三つ、すぐにやるべきことを安原に言い、電話を切った。

それから、裕美の店に電話を入れた。今度飲みに来てくれと、名刺を貰っていたのだ。肩書は、フロアマネージャーということになっていた。

十一時を回ったころ、私は車で出かけた。

ホテルの地下の駐車場に車を突っこみ、フロントでキーを受け取って、部屋に入った。

裕美がやってきたのは、十二時半を回ったころだった。

「なによ、人を勝手に呼びつけて。それもホテルの部屋なんてさ」

「仕事で、使ってる。詩人でもあるが、ほんとはデザイナーでね。精密機械、具体的に言えば、時計のデザインなんかをやってる」

「精密機械？」

裕美は、ジーンズにサマーセーターという恰好で、すでに多少飲んでいるようだった。

「毎晩、よく飲み歩けたもんだ」

「勝手でしょ、あたしの」

「それで、俺はこんな目に遭わされたんだぜ。君に勝手に引っ張り回された挙句《あげく》、ぶん殴られたりしてな」

「それは、ごめんって言ったじゃない」

「ごめんと言や済むのか、馬鹿野郎」

「こっちはこっちで、ケリをつけたわよ。ちょっと、つらい思いをしたんだから」

さよならと、安原に言うのは、やはりつらいことだったようだ。北叟笑《ほくそえ》みかけた顔を、私はひきしめた。

「つらい思いってのは？」

「あんたに関係ないでしょう。探偵を雇った人と、別れることにしたわよ」

裕美のふだんの言葉遣《ことばづか》いなら、探偵を雇ったやつと言いそうなものだが、人と言っていた。私が思った通り、脈がある。

「ふうん、別れたのか」

「嫌いじゃなかった。毎晩飲み歩けば、ちょっとはあたしの方に眼をむけると思ってた。探偵までつけるとは、思ってなかった。遠慮ばかりしてる男でさ」

「やっぱり身勝手だな。相手の立場ってやつを考えない」

「頭で考えると、わかるんだけどな」

男に対して、多少後ろめたい気持を持つぐらいでちょうどいい、と言いかけて私は口を噤《つぐ》んだ。

「荒れてんのよ、あたしはあんたには迷惑をかけたと思ってるから、呼び出されてきたんじゃない。重大な用事ってなによ」

「こんな部屋に、二人きりでいたら、誰でもなにかあったと思うよな」

「どういう意味よ」

「探偵を雇ったやつに、そう思わせたかったんだろう？」

「探偵なんか、雇うからよ。そこでかっと頭に血が昇ったの」

「そう思ってくれたじゃないか」

「あたしに言えばいい。はっきり言えば、違うって言ってやったのに。それを、あんたを殴らせるなんて、最低。少なくとも、そんな男じゃないと思ってたわ」

「探偵と聞いて、すぐにピンときたのか？」

「まあね。やりたいこと、やってたもん」

「反省するんだな。自分の思い通りをやってると、こういうことも起きる。俺みたいな第三者を巻き添えにして」

「説教なの？」

「男友だちは、いっぱいいるんだろう。弟分みたいなのがな。惚れた男にも、そんな態度をとってたんじゃないのか？」

「やっぱり、説教だ」

「じゃ、やめよう。しかし、こんな部屋に二人でいたら、誰だってなにかあったと思うよな。思わなきゃ、よっぽど鈍《にぶ》い男だ」

「それが、浅生さんの重大な話なの？」

「違うさ。あいつも、さぞかしくやしかったんだろうと思ってさ」

裕美が、煙草に火をつけた。メンソール入りのやつだ。私は、メンソールが好きではない。

「煙草、やめてくれ」

「なによ、急に」

「メンソールは、駄目なんだ」

「この間は、平気だったじゃない」

「今夜から、駄目になった」

「だから、探偵を雇ったあいつさ。君とのことが、世間で話題になったら困るだろうと思ってさ」

「さっき、あいつって言わなかった」

「君よりは、ましさ」

「まったく、身勝手よね」

「駄目、そんなこと」

叫ぶような口調だった。

「しかし、面白い。俺も、殴られたままじゃ気が収まらないし」

「やめてよ。それは困るの。絶対に駄目」

「本気で頼む時は、かわいい眼になるな」

裕美が、じっと私を見つめてきた。灰皿で煙草を消す。代りに、私がショートピースをくわえた。

「浅生さん、なんで探偵を雇った人のことを、知ってるの？」

「現場にいたよ。殴られてる俺を見て、嬉《うれ》しそうに笑ってやがった」

「嘘」

「あいつの顔を、見間違えるはずはないね。やっぱり、許しちゃいけないやつだよな」

「いるわけないわ、そんなとこに」

「いたよ。赤いポルシェなんかに乗って」

「ポルシェですって」

「何台、車を持ってるのか知らないがね」

「ちょっと待ってよ、浅生さん。あんたが見たっての、誰のことなの？」

私は、鼻が潰れてしまった芸能人の名前を言った。

「嘘、そんなこと」

「なんで、俺が嘘を言わなきゃならない。裕美に手を出しやがって、とまで言われたんだぜ」

裕美が、黙りこんだ。考えこめば、すぐに仕草に出る。それもかわいく見えた。

「糾弾《きゅうだん》してやりたいと思うんだがね、ああいうやつの横暴を。もっとも、かたちとして君と俺は関係した恰好だし、どういう糾弾のしかたがあるか、話合おうと思った。さよならをしたんなら、多少ひどい目に遭わせてもいいんじゃないか？」

裕美は、なにか考え続け、私の話を聞いてはいないようだった。

「ほんとに、あいつだったの？」

しばらくして、呟《つぶや》くように言った。

「間違いない。夕方言わなかったのは、どうするか決めてなかったからなんだ」

「あたし、帰る」

「待てよ、どこへ行く気なんだ？」

行くところが、あるはずもなかった。

「俺も仕事があるんで、いつまでもつき合っていたくはないが、どうするかだけは決めようじゃないか」

「どうでもいいわよ、あんなやつ」

「ほう、さっきと風向きが違うな」

「浅生さん、殴らせたのがあいつだって、なんで夕方言わなかったの？」

「有名人だしな。名前を出していいものかどうかも、迷ってた。当然、わかってると思ってたが」

「あのね」

言いかけて、裕美は口を噤んだ。それから肩を落とし、自分の爪《つめ》をじっと見つめはじめた。

「どうしよう」

「勝手にしてよ。殴られた浅生さんには悪いけど、あんなやつはどうでもいいの」

裕美の眼から、涙がこぼれ落ちてくる。

「泣き落としか。わかったよ。君に相談したのが、間違いだったようだな。やつのことは、俺が勝手に考えることにする」

私は、冷蔵庫からビールを出してきた。

裕美にも勧めたが、飲もうとはしない。私ひとりが、チビチビとビールを飲んだ。

「帰れよ。人に見られたら、当然ながら俺たちは関係あると思われるぞ」

「駄目かな、もうちょっとここにいちゃ」

「だから、普通の関係じゃない、と思われるぞ。飲む場所は、いくらでもあるんだろう」

「飲みたくないんだ、あんまり」

「わかったよ。仕事をひとつ、片づけてしまうからな」

私は、電話に手をのばした。

安原が出た。二階上の部屋だ。

「そうですか。こちらへ来ていただけますか。いや、迷子の羊《ひつじ》を一匹抱えこみましてね」

どういう意味か、安原にはわからなかっただろう。

「まあ、これから来る人は、実直な技術屋さんだし、デザイナーがホテルに女を引きこんでいると思っても、人に喋ったりはしないさ。俺の女みたいな顔をして、そこでビールでも飲んでりゃいい」

うつむいたまま、裕美は顔をあげなかった。

チャイムが鳴った。

安原が立っている。それを見て、裕美は椅子から跳びあがった。

「違うの。違うんだから」

叫ぶように言い、裕美が安原に駈《か》け寄った。安原は、びっくりしたような表情で、立ち尽している。

「違うのよ、ほんとに違うの。誤解しちゃいやだ。いやだからね」

抱きつくようにして、裕美は安原の躰を廊下《ろうか》に押し出した。

安原と眼が合った時、私は軽く片眼をつぶって見せた。

違うのよ。ほんとに違うんだから。裕美の声が、廊下を遠ざかっていく。

小娘には、ちょっとお仕置が過ぎたかもしれない。あとは、安原がなんとかするしかないのだ。仕事は、これで終った。

私は煙草に火をつけ、ビールを飲んだ。すぐに、部屋へ帰ろうという気は起きてこない。

もう一本だけ、ビールを飲もうと思った。

第五章　名なし

1

照りつけていた。

車は冬に買うべきではなく、夏に選ぶべきだ。特に東京で乗るならそうだった。中古の日本車から買い替えた中古のビートルは、クーラーさえ付いていなかった。フロント脇《わき》の三角窓を全開にしても、むっとする風が入ってくるだけだ。

それでも私は、この車がどこか気に入っていた。これだけは負けないぞというようなアイアンバンパーと空冷特有の乾《かわ》いたエンジン音。床から、昔のバスのように突き出したシフトレバー。

要するに私にお似合いで、つまらない気は遣《つか》わなくてもいい車というわけだった。ばりばりの日本車を渋滞した都心の道路で追いかけなければならないとなると、罵《ののし》りのひと言でも洩《も》らしてみたくなるが、それも悪友にむける言葉とどこか似ていた。

私の仕事は、子供を取り返すことだった。相手は誘拐犯《ゆうかいはん》というわけではなく、れっきとした実の父親だった。

離婚し、母親の方が連れて出た子供を、ある日父親が現われて車に乗せていってしまったのだ。父親の方に交渉しようとしても、連絡が取れない日が何日も続いた。それで、私のところに電話をしてきたというわけだった。

めずらしい話ではなかった。

私は父親の職業から手繰《たぐ》っていって、都心のマンションの住居を見つけ、子供がいることも写真で確認した。住民票のある方の邸宅には、父親の母親、つまり子供の祖母と、お手伝いらしい中年の女の二人がいるだけだった。

そこまで探《さぐ》り出したあとは、かつて夫婦だった二人の問題ということになる。うっかり私が子供を連れ出そうものなら、それこそ誘拐犯ということになる。父親と子供の一日の行動をただ探るということが、もう三日続いていた。日当を払って貰《もら》えるならば、私には異存はない。しかしこの暑さで、夏休みのせいか、父親は毎日子供を連れ出すのだった。

今日は、横浜の先に新しくできたという水族館に出かけ、都心にむかって帰るところだった。

私は依頼人に、事実だけを簡単に報告し、それ以上の提案はなにも行わなかった。三週間ほど仕事のない日が続いたので、うんざりするような仕事でも、いやとは言っていられなかった。

それに母親の方が、奇妙に哀切で、しかも執拗《しつよう》なのだった。昼間はビタミン剤の訪問販売のようなことをやり、夜はクラブに勤めていた。ひと回り以上、歳《とし》の離れた夫婦だったのだろう。

父と息子がマンションに帰りついたのを確認して、私は報告のために約束の喫茶店に出かけていった。

まだ外は明るい。先に来て待っていた依頼人は、黒いロングドレスという恰好《かっこう》だった。しかし顔に化粧《けしょう》っ気はなく、髪も整えられてはいない。夜と昼の光が入れ替る時間、私の依頼人も少しずつ変っていくようだった。

「プールに、博物館に、水族館。父親が自分で連れていってるんですのね」

村岡《むらおか》さおりは、コーヒーを飲み、唇《くちびる》がついたところを指さきで拭《ぬぐ》った。そこに口紅など付いてはいないが、癖《くせ》になっているようだった。

「桜井《さくらい》氏も、夏休みのようでしてね」

「子供と一時間遊ぶと、もう耐えられなくなるタイプよ。人間って、急に変ったりできるものかしら?」

「以前のことは、俺《おれ》にはわかりませんね。とにかく、俺は事実を報告しているだけで」
桜井幸一《こういち》が、邸宅からマンションに住居を変えているのは、村岡さおりの眼をくらますためだろう。桜井も、前の女房が子供を取り戻すのではないかと、不安になってはいるのだ。

「俺が調べたかぎりでは、桜井氏の休暇は十五日まで。あと一週間です。どうですか、調査は続けますか？」

「浅生《あそう》さんが、真一《しんいち》を連れてくるということはできませんのね？」

「犯罪になります。桜井氏も立派な父親で、そこから子供を誘拐してくるということになりかねません。これは何度も言ったはずです」

「そうよね。だから桜井も、自分で子供を連れにきたのよね」

「調査は、続けますか？」

私は、自分の意見になりそうなものは一切《いっさい》口にせず、村岡さおりの返事だけを待った。なにか言えば、最後にはいい加減にしろ、ということになってしまいそうだったからだ。

実のところ、三週間もまったく仕事がなかったというのは、はじめての経験だった。仕事をはじめたばかりのころでも、月に二度ぐらいの仕事はあったのだ。

「真一が、どこへ行ったかを調べるのは、もういいわ」

私は落胆《らくたん》し、同時にほっとしていた。馬鹿馬鹿しすぎる仕事でもあったのだ。最終的には、村岡さおりと桜井幸一の話合いで決まることで、桜井父子がどこに住んでいるか突き止めるまでが、探偵の仕事だった。

「桜井の、いまの女関係の方を、調べてくださらない」

いまの、という言い方が、なんとなくなまなましく聞えた。村岡さおりは、少しずつ昼の顔から夜の顔へ変っていくようだった。メンソール入りの煙草《たばこ》をバッグから出すと、赤漆《うるし》のデュポンで火をつけた。しかし、白いフィルターに、傷痕《きずあと》のような紅はまだ付いていない。

「いろいろと、あると思うの、あの男のことだから。本命がどういう女か、調べてくださらない。桜井は再婚する気になって、それで真一を取り戻したんだと思うわ」

「わかりました。明日から、はじめますか？」

「あたしは、二度とこういうことがないようにしたいんです。息子を黙って連れていかれるというようなことが」

村岡さおりが、テーブルに封筒を置いた。一日分の日当である。こうやって日当を払い、毎日直接報告を受けるという依頼人も、めずらしかった。大抵《たいてい》は一週間程度の報告をまとめて受け、報酬《ほうしゅう》は半分だけ先払いというようなことをやるものだ。

「再婚の相手についての、心当たりはないんですね？」

「二年ですのよ、別れてから」

村岡さおりが煙草を消した。

「あたし、これから美容院なんですの。今日は同伴出勤じゃないんで、やっと美容院に行けるわ。お店じゃ、毎日行くことになってるんですけどね」

帰れということだろうと思い、私は腰をあげた。

夏の日暮は遅く、外はまだ暗くなりきってはいなかった。

車に戻ると、婦人警官がチョークでタイヤに印をつけているところだった。私は靴《くつ》の底で擦《こす》ってそれを消し、車に乗りこんだ。車内は蒸暑《むしあつ》く、窓を全開にしても、それは収まらなかった。

宵《よい》の口の渋滞の中を、広尾《ひろお》のマンションまで行った。私の住居兼事務所は恵比寿で、どうせ通り道だったのだ。

桜井幸一が住んでいる部屋が、自分のものなのか賃貸なのかはわからなかった。どちらにしろ確かなのは、私のマンションより数段格上だということだった。

大きな邸宅のほかにこんなマンションに住めるのは、よほど収入があるからだろうと思わざるを得なかった。

私は車を降り、最上階の窓の明りを見あげた。

今夜張込みをしたところで、日当が出るわけではなかった。しかし、明日の午後五時には村岡さおりに報告しなければならない。それは、父子で映画館に行ったというようなことでは駄目《だめ》なのだ。

七時を回ったころ、見憶《みおぼ》えのある老婦人がマンションの玄関を入っていった。桜井幸一の母親である。

脈がありそうだ、と私は思った。息子のお守《も》りに疲れた父親が出てくれれば、時間外手当の請求をしてもおかしくない報告ができるかもしれない。

マンションはオートロック式になっていて、桜井の母親はキーを持っていた。時間が時間なので多少の出入りはあるが、大抵の人間はキーを持っている住人で、玄関脇のパネルのボタンを押して、内側から開けて貰っている人間は数えるほどだった。

やはり待ってみるのが、探偵という商売だった。白いズボンにポロシャツという桜井が、ひとりで出てきた。車は使わず、タクシーでも停《と》めようという気配《けはい》だ。

私は車に駈《か》け戻り、エンジンをかけた。

少しずつ、車を動かしていく。桜井は、いつまでもタクシーを停めようとはしなかった。私はまた車を停め、歩いて尾行した。どこへ行こうとしているわけでもなさそうで、酒場があるとちょっと立ち止まり、それからまた歩きはじめる。片手に持った上着が、いかにも邪魔そうだった。

桜井が入ったのは、ぽつんと一軒だけある小さな酒場だった。かなり恵比寿の近くまで歩いてきている。

しばらく間を置いて、私もその酒場に入った。客は桜井のほかにはもうひとりいるだけで、カウンターもがらんとした感じだった。十一のスツールがある。私は中央のスツールに腰を降ろし、ビールを頼んだ。カウンターの中は、バーテンがひとりである。

桜井は、時間潰《じかんつぶ》しという感じで、水割りをちびちびと飲んでいた。もうひとりの客は、誰《だれ》かを待っている気配である。

バーテンは客に無関心で、カウンターの中のビールケースに腰を降ろして、漫画を読んでいた。註文《ちゅうもん》を言うと、黙って立ちあがるだけだ。

「何時までだい、この店？」

「さあ、二時か三時ってとこですかね」

まだ開店早々というところなのだろう。これから、女の子たちが出てくるのかもしれない。

「二時か三時って言い方は、答にもなってねえな」

あまり行儀《ぎょうぎ》のいいバーテンとは見えなかったので、私は絡《から》んでみることにした。

「ま、適当に、客がいなくなったら閉めるってことですかね」

「客ね。客の前じゃ、さん付けぐらいしたらどうなんだ」

「そりゃ、済まなかったです。常連さんばかりの店で、気易《きやす》くなっちまってるもんですから」

「なんだと。その言い方はなんだよ。常連しか入れねえって口調じゃねえか。俺に出ていけって言ってんのか」

「お客さん、絡まないでくださいよ」

桜井は、成行を見守っているようだった。もうひとりは、無関心だ。

「別に絡んでるわけじゃない。どうも不愉快《ふゆかい》なんだな。ただビールを飲むだけなら、自動販売機で買って飲むよ。最近じゃ、自動販売機にだってもっと愛想のいい音声が仕込んであるぜ。自動販売機よりずっと高い料金を取ってるくせに、漫画なんか読まれたんじゃ、文句のひとつも言ってみたくなる」

「これが、この店なんですよ。女の子と話をしたいんなら、九時過ぎにゃ出てくる」

バーテンは、地を出しはじめていた。

「別に、女の子と話したいわけじゃない」

私は腰をあげた。

「二千円」

バーテンが言う。

「領収証をくれ」

バーテンは舌打ちし、ビール一本二千円の領収証をカウンターに放り出した。

私は店を出た。通りを横切り、ビルとビルの間の路地に入り、店の出入口を見張った。

ものの五分も経《た》たないうちに、桜井が出てくるのが見えた。桜井が歩いて行く方向に先回りし、桜井が入った店に私も入った。おや、という表情をして桜井が私の方を見た。私は無視していた。

「暑かったですね、今日も」

愛想よく、バーテンが言う。私は、バーテンに軽口を叩《たた》いて笑わせた。そうしながら、桜井を話の中に引きこむ機会を窺《うかが》った。桜井は、二人隔てたカウンターのスツールにいる。間の二人が、帰りそうな気配はなかった。

ひとりで来た客に気を遣っているのか、バーテンは私と桜井に交互に話しかけてくる。後ろのボックス席では、女の子たちの嬌声《きょうせい》も聞えた。

「さっきの店、ひどかったですね」

桜井の方から話しかけてきたのは、三十分ほど経ってからだった。私はちょっと考える素ぶりをし、思い出したように頷《うなず》いた。

後ろのボックス席がひとつ空き、隣《となり》の二人が案内された。都合《つごう》のいい状況だった。

都合がよかったのはそこまでで、桜井がなんのために飲んでいるのか、これからどこへ行こうとしているのか、私は訊《き》き出すことができなかった。なんとなく話題をそちらへ持っていこうとしても、曖昧《あいまい》な答しか返ってこないのだ。

三十分ほどして、桜井は腰をあげた。

私も、ちょっと遅れて店を出、見失わない程度の距離をとって、桜井を尾行《つけ》た。

結局、桜井はマンションに戻っただけだった。

2

一週間、私は桜井を尾行《つけ》回《まわ》し、気紛《きまぐ》れに入ったとしか思えない酒場を数軒と、祖母、父、孫《まご》の組み合わせで行ったレストランを一軒、村岡さおりに報告しただけだった。

汗にまみれた仕事だったが、さすがに私は気後《きおく》れを感じはじめていた。汗をかいたのは、ただ単に暑い季節で、私の車にエアコンが付いていなかったからというに過ぎない。

「今日から、桜井は仕事をはじめたんじゃありませんの？」

「夏休みの間じゅう、桜井氏は息子さんと一緒でした。長期の旅行に出るわけでもなく、夜にはだいぶ時間を持て余したようでもありました。週三回、マンションには真一君のおばあさんと、家庭教師の青年が通《かよ》ってきます。五年生ですからね。どこか私立の中学を受けさせようとすると、塾《じゆく》へ通うなり、家庭教師を付けるなりしなければならないようです」

「桜井は、真一を生活の中に取りこもうとしているのね。あの男のやり方って、いつもそうだった。なしくずしなのよ。真一を連れていって、そこの生活に馴《な》れさせてしまって」

「弁護士を、立てられたらどうなんです。真一君はあなたが引き取るということで合意ができてたのに、桜井氏がそれを守ろうとしない。それは明らかに、裁判所が解決してくれる問題ですよ」

「あたしが強硬《きょうこう》な手段に出ないのは、真一がどんどんと傷ついていくからなんです。大人の都合で、あの子にいやな思いをさせたくないんです。そりゃ、あたしはお金はありませんよ。昼も夜も働いてます。それを恥《はずか》しいことだとも思っていません。でも、ここであたしが強く出れば、もともと桜井とあたしの問題で済むものが、真一まで巻きこんでしまうことになるでしょう。裁判所に真一を連れていって、どっちにつきたいか意思を確かめるなんてことはしたくないんです。父と母のどちらかを選ぶなんてことをね。それでなくとも、あの子は充分傷ついているのに」

「しかしこれ以上桜井氏を調べたところで、なにも出てきはしませんよ」

「そんなことはないわ。女がいますよ」

　私は、メンソール入りの煙《けむり》を吐《は》く村岡さおりを見つめながら、裁判所が小学生の子供の意思を確かめたりはしない、と言おうかどうか迷っていた。迷っていたのは、村岡さおりの話に疑いを持ちはじめたからでもある。

「とにかく、夏の間に解決してしまいたいの。二度とこんなことが起きないような、根本的な解決をね。あなたが桜井の女を捜してくださらないと、それもできませんわ」

「探偵ができる仕事には、限界があります」

私は煙草をきらしていた。喫《す》うのは両切りのピースで、それは喫茶店などには売っているはずもなかった。早く煙草を喫いたい、と私は急き《せ》立てられるように考えていた。

「今夜、桜井は女に逢《あ》いに行きます。一緒に暮してた、あたしのカンですわ」

「わかりました。料金さえ戴《いただ》ければ、俺の方に文句はありませんよ。ただ、無駄《むだ》な金を遣わせたくない、と思っているだけで」

「無駄じゃありませんわ。浅生さん。これは無駄なお金なんかじゃありません。あたしと真一の生活のための、必要な投資です」

村岡さおりが出す金は、いつも封筒に入れられていた。テーブルに置かれたそれを、私は無造作に摑《つか》んで腰をあげた。

外は相変らず蒸暑かった。

新橋から芝《しば》の方へ、私は車を回した。

桜井の会社は、包装紙などを扱っているところらしく、古いビルの三階と四階にあった。小さな会社だが、桜井紙業という名が示す通り、桜井はオーナー社長というわけなのだろう。

一時間ほど私はそこで張りこみ、二人の社員と一緒に出てきた桜井を尾行た。

ありきたりの接待だった。相手が何者かは、見ただけではわからないが、若いくせに横柄《おうへい》で、新橋の料亭から銀座のクラブに回る間、桜井についている二人の社員は、駈け回り続けていた。客をハイヤーで送り帰してから、三人は小さなバーに入った。

馬鹿馬鹿しくなり、私は車の中で居眠りをした。すでに深夜で、車の中でもしのぎやすい涼しさになっていた。

私がこれまで見てきたのは、まめな父親の顔と、実業家の顔だけだった。桜井の顔が、どこかで大きく変貌《へんぼう》するとは思えなかった。桜井が子供を連れ去ったという村岡さおりの話も、疑わしいものだと思っていた。それでも私は、村岡さおりから報酬を貰っているのだ。頼まれたことを、そのままやるしかなかった。

銀座の舗道《ほどう》は、いつまでも人通りがあり、ほんとうに居眠りすることなどできそうもなかった。時々眼を開き、桜井が入っていったビルの出入口を見ていた。それが仕事で、いまはそれだけをやらなければならないのだと、自分に言い聞かせた。

のどが渇き、私は車を降りてしばらく歩き、自動販売機でスポーツドリンクを買った。それを飲んで戻ってきた時、ビルから出てきた桜井と正面から出会《でくわ》してしまった。集中力を欠いている時とは、こんなものだ。私はあれからもう一度、恵比寿の駅の近くのバーで、桜井と一緒に飲んだのだ。そこは時折私が顔を出す店だったので、偶然に会ってしまったということの不自然さは、むしろ桜井の方にあった。桜井はそこで、息子に家庭教師が来ている間、どうしても覗《のぞ》きたくなるので外に出ているのだと、言い訳のように喋《しゃべ》ったのだった。家庭教師は、夏休みの間だけだという。

「いまから、お帰りですか？」

「ええ、まあ」

「偶然もこれだけ続けば、縁のようなものを感じますな」

「俺はちょっと、友だちの店を覗いただけでしてね。混んでるんで、居づらくなって出てきたところなんです」

今度は、私が言い訳をする番だった。

「これから、どちらへ？」

「友だちの店が終るのを、どこかで待とうと思っていました」

「そいつはいいな。タクシー乗場は、まだ長い行列らしいんですよ。お盆があけたばかりで、人が多いのかな。タクシーが拾える時間まで、どこかで飲みましょうか」

酔《よ》っているらしく、桜井の言い方はいくらか強引だった。拒絶する理由もない、と私は思った。

桜井は、ついていた二人の社員を帰し、私を導いて歩きはじめた。案内されたのは、路地の奥にある小さな酒場だった。中年の女と若い女の子がいる店で、席はあいていた。

カウンターの隅で、私と桜井ははじめて名乗り合った。

「会社の連中と一緒だと、いつまでも仕事という気分が抜けません」

私は、経営者らしい女と桜井の間柄を観察したが、特別な関係とは思えなかった。

「詩を書いていましてね」

仕事を訊かれ、私はいつものようにそう答えた。口を糊《のり》するための仕事は別にありますが。相手が怪訝《けげん》な表情をすると、そう続ける。

「歌謡曲の歌詞のことですか。それとも、ポエムというやつですか？」

そんなふうに訊き返されたのは、はじめてだった。

「歌謡曲は、関係ありませんよ」

「これは失礼。私も、学生のころは詩を読むのが好きでしたよ。そんな生活とは、もう縁がなくなってしまいましたが」

若い方の女が来て、私と桜井の間に座った。桜井に気を遣い、促されて私に気を遣いはじめる。この女とも、男女の関係ではない、と私は思った。

いくらか酔っているとはいえ、桜井は充分に紳士的だった。話題も豊富だが、毒にも薬にもならないもので、話と話の間に、桜井はふっと疲れた表情を見せた。

私は、オン・ザ・ロックにしたスコッチを、ひと息で空けた。若い女が、すぐに注《つ》ぎ足してくる。

「氷を足せよ、おい」

「あら、ごめんなさい。渇ききったみたいに飲んでらしたし」

「そりゃ、俺は日頃《ひごろ》、こんな高い酒を飲んじゃいないさ」

「そんなこと。のどが渇いているように見えたんです」

「ふうん、気を遣ってくれてるわけか。桜井さんの連れだからだろう」

私を連れてきたことを、桜井は後悔しはじめているようだった。私はさらにしつこく、女の子に絡んだ。女の子の表情が強張《こわば》っている。

桜井がなにか合図でもしたのか、女の子が立ちあがって別の席へ行った。

「俺を、軽蔑《けいべつ》してますね、桜井さん」

「そんなことはありませんよ」

「軽蔑されるようなことを俺はしたのに、軽蔑もしないんですか？」

「あの子も、悪気があって浅生さんに注いだわけじゃなく、飲みっぷりにびっくりしただけなんでしょう」

「この酒、高いでしょうからな。いくらなんです。半分、払いますよ」

「誘ったのは、私だから、気にしないようにしてください。それより、もう一杯飲まれたらいかがです」

「なぜ、他人の俺に奢《おご》ろうってんですか？」

相手の言葉尻《ことばじり》を摑む。絡むというのはそういうことだろう、と私は思っていた。絡み方は、多分うまくないだろう。私は、他人に絡まれると、すぐに逃げ出すか、そうできない時は一発お見舞いしてしまうタイプの男だった。

桜井は、ひたすら私を宥《なだ》めようとしているだけだ。三十分ほど、飲みながら私は桜井に絡み続けた。

タクシー乗場の行列が少なくなり、車の方が多くなった、と女の子が言いに来た。

「ほう、早く帰れってことかい」

「私が頼んでたんだよ、浅生さん。乗場がすいたら教えてくれってね。いまはもう、待たなくても乗れるらしいから」

桜井は、まだきっちりと上着を着て、ネクタイを締《し》めたままだった。経営者の女に頷くだけで、勘定は済んでしまったらしい。二人の女の声に背中を押されるように、私は店を出た。

じゃ、と言いかけた桜井の腕を、私は摑んだ。

「あんただけ奢って、俺に奢らせねえっていうんですか、桜井さん」

「もう遅いし、今度にしよう」

「ほう、今度ね。今度ってのは、いつです？」

「また、どこかで偶然会うさ」

「偶然なんて、そんなにあることじゃない。俺に借りを作らせたまま、あんた帰ろうってのかい」

私は、桜井の腕を摑んだままだった。

「俺を馬鹿にしてるな。詩なんか書いてる、つまんねえ男だと思ってるんだろう?」

「おかしなことを言うなよ」

「いや、思ってる。そして、俺に貸したまま、逃げようとしてる」

「困ったな」

「困ることはないよ。俺に借りを返させてくれりゃいいんだから」

「明日、私は早いんだ」

私は摑んでいる腕に力を籠《こ》め、強引に桜井を引っ張ろうとした。

それほど強いパンチではなかった。しかしワン・ツーと来たところを見ると、まったく喧嘩《けんか》もしてこなかったタイプとも思えなかった。うずくまった私を残して、消えていく逃げ足もなかなかのものだ。大抵は、殴《なぐ》って倒れた相手のことは、気になるものだった。

桜井がかなり遠ざかったと思えるころ、私は立ちあがり、ズボンを叩《はた》いた。

車に戻って、煙草をくわえる。かすかな自己嫌悪があった。それでも私は、くわえ煙草で突っ走り、広尾のマンションが見えるところまで来た。

五分ほど遅れて、桜井が乗ったタクシーが到着した。

3

村岡さおりは、ピンクの麻のスーツを着ていた。色こそ多少派手だが、大人しいかたちのものだ。もっと驚いたことに、少年をひとり連れていた。

「お願いできますわね、真一を？」

「待ってくださいよ、俺はベビーシッターじゃない」

「場合によっては、ボディガードをなさるようなことをおっしゃってたじゃありませんか。また桜井が連れていかないともかぎらないので、あたしが戻るまでガードをお願いしたいの」

「それは」

言いかけて、私は言葉を切った。真一が、にこにこ笑いながら私をみていたのだ。なにを意味する笑みなのか、よくわからなかった。顔の前には、半分ほどに減ったミルクセーキが置かれている。

「わかりましたよ」

「明日から一週間ほど、あたし夏休みですの。夜の方のね。ですから、明日からは昼間だけ一緒にいていただければ結構ですわ」

私は頷いた。

実の母親に預かった子供だった。まさか誘拐などということにはならないだろう。それに、白けきっていた私の気持の中で、真一の笑顔を見たとたん、好奇心に似たものが芽ばえつつあった。

いくつかの注意を真一に与え、村岡さおりは伝票を摑むと店を出ていった。

「なにがおかしい？」

私の顔を見てまだ笑っている真一に、私は訊いた。

「いるんだね、ほんとに探偵なんて」

「面白《おもしろ》がってるのか、おまえ」

「だってさ、ほんとの凶暴犯がぼくをどうにかするっていうなら、とても怕《こわ》いだろうけど、なにがあったって、パパやママがすることだよ。だったら、探偵がどんな仕事をするのか、見ている方が面白いじゃない」

「おまえ、名前は？」

「知ってるでしょう、真一だよ」

「桜井か村岡かと訊いてるんだ」

「どっちでもいいよ」

「決めろ。でなけりゃ、これから名なしと呼ぶぞ」

「真一という名前がある」

「俺は、人を苗字《みょうじ》でしか呼ばない。それが俺のやり方ってやつでね」

「好きに呼べばいい」

「そうかい、名なし」

真一が、私を睨《にら》みつけてきた。

「どこへ行きたいんだ、名なし。時間まで、どこへでも連れていってやるぜ」

「ゲーセン」

「子供は、入場禁止だろう？」

「親と一緒だったら、いいんだよ」

「俺は親じゃないぜ」

「親の代りだろう？」

「そうか、ゲーセンか。よし、じゃ行こうぜ」

真一は、ちょっと意外そうな顔をした。私は、ビートルの助手席に真一を押しこんだ。

連れていったのは、渋谷のゲームセンターだった。たじろぐ気配を見せた真一を、私は背を押すようにして歩かせた。

ゲームのやり方さえ、知りはしないのだった。やけに大人びた表情で歩き回り、なにもせずに戻ってきた。

「どうしたんだ、名なし」

「ぼくのやりたいもの、ないんだよ」

「よし、じゃ次を捜そうぜ」

「どこに行ったって、ないものはないよ」

「おまえは、ゲーセンに来たいと言ったんだ。だから連れてきた。やりたいものがどこにもないってのは、どういうことだ、名なし」

「言ってみただけなんだ」

私は真一の頭を一度掌《てのひら》でひっぱたいた。

「ふざけてるのか、おまえは」

「ぶつこと、ないだろう」

「大人をからかったガキは、大抵ひっぱたかれることになってるんだよ、名なし」

「ママにお金を貰って、ぼくと付き合ってるんじゃないか」

「間違えるな。おまえのわがままに付き合ってるんじゃない。おまえを護《まも》ってる。そういうことなんだ。おまえが危ない時は、相手が誰であろうと、俺が助けてやる。わかったな、名なし」

私は、真一の襟首《えりくび》を摑んで車に押しこんだ。

「おまえは、親父《おやじ》やおふくろに、大事にされてるんだろうな。そこらのガキじゃ想像がつかないほどにだ。それがおまえを駄目にしてるとわかっていながら、競争だからやめるわけにも行かないんだ」

「ぼくが大事にされてると、本気で浅生さん思ってる?」

「欲しいものは買って貰える。行きたいところには連れていって貰える。それが大事にされてることなら、おまえは大事にされてるさ。ほんとに大事にされちゃいないと思うなら、おまえは俺が考えてるよりいくらかましなガキだよ、名なし」

車を出した。食事がまだだというので、私はファミリーレストランの駐車場に車を滑《すべ》りこませた。

ハンバーグ定食を食べながら、父と子に見えるだろうかということを、私は考えていた。尻の落ち着かない、妙な気分だった。馴れているのか、真一はのんびりとフォークを使っている。

「おまえの親父は、会社の社長だろう。おまえに会社を継《つ》がせる気なのかな」

「そんなこと、わかるわけないじゃない」

「俺には、親の心境ってのはよくわからん。子供が欲しいんなら、おまえなんか放り出しちまって、新しい女を見つけて再婚すりゃいいという気もするがね」

残酷《ざんこく》なことを言ったのかもしれない、と私は思った。相手が子供だということも考えずに、思っていることを言ってしまう。

しかし、真一は表情も変えずにハンバーグを口に運んでいた。

「早く、食えよ」

「急いだって、どこかへ行くわけじゃないでしょう」

「俺は、こんなレストランは好きじゃないんだ。どうも落ち着かない。まあ、いいがな」

「ねえ、浅生さん」

私は、ハンバーグを平《たい》らげてしまっていて、煙草を喫っていた。

「ぼくのこと、名なしと呼ぶの、やめてくれないかな」

「じゃ、桜井か村岡か、どちらかに決めろ」

「ぼくが決めたって、どうにもなりゃしないよ。パパだけの子供になれば桜井だし、ママだけの子供になれば、村岡なんだ。ぼくがどっちを選んだって、それとは別のところで決められるんだから」

「俺に対してだけは、どっちか決めろよ」

「そんなことして、なんになるのさ」

「そうすりゃ、名なしと呼ばなくても済む」

私は煙草を消した。真一は、なにも言わずハンバーグの残りを口に入れていた。

ファミリーレストランを出ると、もう行くところは思いつかなかった。

「おまえの家へ行こうか、名なし」

「なにもないよ」

「おまえは、勉強でもしてな。俺は、テレビでも見てる」

「テレビも、ないよ」

「ふざけるなよ。また、一発食らいたいのか」

「ほんとにないよ。洗濯だって、コインランドリーに行くんだ。蒲団《ふとん》とか、そんなものしかマンションには置いてないよ」

「ほかに、ちゃんとした住《すま》いがあるのか？」

「ないよ。でも、ママが再婚すると、大きな家に住むことができるんだ」

「ふうん」

「パパは、ママを再婚させまいとしてるんだよ」

「なぜ」

「わからない。どうでもいいけど、つまんない話さ」

「どうでもいいか。おまえが再婚の邪魔にはならないのかな」

「ならない」

「やけにはっきり言うじゃないか、名なし」

「ママが言ってるもん。結婚するには、ぼくがいるんだって」

「おまえを慰《なぐさ》めて言ってるだけだ、と俺は思うな」

「どうでもいいんだよ、ぼく」

村岡さおりのマンションは、練馬《ねりま》にあった。マンションというより、アパートと言った方がいい建物だった。

車を停める。私が降り、真一が降りてくると、前方に駐車した車から、男が二人降りてきた。

4

桜井幸一は、私を見てひどく驚いた表情をした。

「また、いきなりワン・ツーってのはやめてくださいよ、桜井さん」

真一は、私の車のそばに立ってじっと成行を見ていた。

「どういうことか、説明してくれないか」

「俺は、この子のガードを、母親に頼まれてましてね」

「私の息子だ」

「仕事なんですよ、桜井さん。俺は私立探偵で、村岡さんに雇《やと》われているということです。実はいろいろ調査もしていて、あんたにもその調査の過程で近づいたんですがね」

「私を、調査しただと？」

「感情的にならずに、聞いてくださいよ。あんたと村岡さんは、この子の奪い合いを演じている。まるでボールでも奪い合うみたいにね。まあ、それは勝手だが、俺は村岡さんから報酬を受け取ってるので、この子をあっさり渡すというわけにはいかないってことです」

「二倍、払おう。さおりがいくら払ったか知らないが、その二倍払う」

「これでも、探偵は信用が第一でね。札束《さつたば》の山を見せられたとしても、一万円で受けた仕事を放り出すわけにはいかないんですよ」

「しかし、金のためにやってることだろう？」

「そうです。金のためにやってることです」

「じゃ、多い方がいいに決まっている」

「桜井さん、あんたは申し分ない紳士だけど、どうもひとつわかってないね。金だけじゃないんだ」

「ほう、さおりの躰《からだ》に迷ったか？」

「言うことが、通俗的だ。俺、あんたに言いませんでしたっけ、詩を書いてるって。金よりも、俺は詩を書きたいんですよ。書きかけの詩を、途中でやめるわけにはいかないんですよ」

「なにをわけのわからないことを。詩を書くことと、この問題となんの関係がある」

私の仕事は、街に詩を書いているようなものだ。私と半同棲《はんどうせい》をしている、太田令子《おおたれいこ》が言ったことだった。私は、それが気に入っていた。

「二倍とは言わない。いくら欲しいのか、言ってみろ」

「およそ、詩的じゃないね」

もうひとりの男は、桜井の車のそばに立っていた。まだ若い。二十四、五というところだろう。

「私の息子を、渡してくれ」

「できないね。どうしてもと言うなら、村岡さんとちゃんと話をしてくれ」

「まともな話合いができないから、こんなこじれたことになっているんだ」

「俺としては、村岡さんに雇われているんでね。仕事は放棄できませんよ」

「私は、息子を連れて行く。当然の権利を行使するだけだ」

「させられないね」

桜井が、車のそばに立っている若い男を呼んだ。駈け寄ってきた男が、私とむかい合うようにして立った。

「さおりが君を雇っているように、私はこの男を使っている。さおりのことも、いろいろ調査して貰った」

同業者というわけだった。同業者同士の話合いなど、できる状態ではなかった。

「やる気はないだろう、俺と？」

私は、男に言った。私たちの職業は、積極的に暴力を振《ふる》うことではない。

「へえ、やる気はねえだろうって。やる気がねえなら、消えちまえ」

あまり質《たち》のいい同業者ではなさそうだった。

私は、男に近づき、にやりと笑って見せた。男が頭に血を昇らせるのが、はっきりとわかった。

靴の底が路面を擦る音がした。いきなり飛んできた足を、私は左手で受けた。まるでチンピラの喧嘩だ。二歩、退《さ》がった。男は空手のような構えをしているが、大した腕ではなかった。

「腕ずくで話をつける場面じゃないだろう」

「うるせえ。弱い方が負け犬になるしかねえ世界だろうが」

この男も、うんざりするほど詩心がなかった。

正拳《せいけん》を突き出してくる。かわした。かわしながら、私は足をひっかけて、男を這《は》いつくばらせた。立ちあがった男が、猛然《もうぜん》と突っこんできた。多少の心得があるだけに、ただあしらうというわけにはいかなかった。

男の突進を横に跳《と》んでかわすと、私は身構えた。男は、もう肩で息をしていた。ぶつかり合う。男の息。私の顔に当たった。パンチを耳すれすれでかわし、離れ際に私は肘《ひじ》を出した。男の顎《あご》の先を掠《かす》めた。男の膝《ひざ》が折れかかるのがわかった。ここで諦《あきら》めてくれれば、と私は思ったが、男はまた踏みこんで蹴りつけてきた。威力はない。見てわかった。私は蹴りを脇腹で受け、もう一度肘を首筋に叩きこんだ。

棒のように、男が倒れた。

倒れたままの男の頬《ほお》を、私は平手で数度叩いた。男が眼を開く。

「言ったことの責任はとれよ。弱い方が負け犬になるしかない、とおまえは言った」

男は、何度も瞬《まばた》きをくり返した。少しずつ意識ははっきりしてきたようだ。同じことを、私はもう一度言った。男が、立ちあがる。ちょっと足がもつれていた。

「消えちまえ。それから空手ができるぐらいで、探偵ができるとは思うな」

男が後ずさりをし、それから走って消えていった。

「なんてこった、あれは」

桜井が、呆《あき》れたように言った。

「雇う人間を間違えたんですよ、桜井さん」

「これで、諦めるわけにもいかんね」

「馬鹿げてますよ」

「しかし、諦めるわけにもいかん。真一が見ているしね」

ワン・ツーが来た。意外に鋭いパンチだった。大学か高校のボクシング部。そんなところなのかもしれない。スウェーバックでかわした。桜井が、フットワークを使いはじめた。躰が思い出したという感じで、不意に軽快に動きはじめたのだ。それでも、動き全体はやはり緩慢《かんまん》で、出してくるパンチはすべて見切ることができた。

軽いジャブを一発頰に受け、私も一発返した。次の一発はボディで、私はまた顔に返した。打たせ、打たれた分だけ返すつもりだった。またボディに来た。私もアッパー気味のパンチを、ボディに食らわせた。桜井が上体を折り、しゃがみこみそうになった。叫び声。低い姿勢で、桜井が突進してくる。私のジャブを二発続けて受けて、桜井がのけ反《ぞ》った。私の車のそばに、真一が立っているのが見えた。

私は、桜井の膝を蹴りつけ、崩《くず》れかかったところを、パンチで突き起こした。鼻血が噴《ふ》き出し、桜井の顔が見る間に赤く染った。いくぶん体重をかけた右を、脇腹に叩きこむ。桜井が倒れた。呼吸にして二つか三つ。それで、桜井は声をあげて立ちあがってきた。ジャブでのけ反らせる。蹴りつける。パンチで突き起こす。桜井は、私の膝にしがみつくようにして倒れた。立ちあがってくる。

不意に、私は別の力を腰のあたりに感じた。

真一が、私の腰にしがみついていた。押し返すと、今度は滅茶苦茶《めちゃくちゃ》に手を振り回し、私を打った。泣いてはいない。無表情とも言えないが、それに近かった。顔色が蒼白《そうはく》であることは、街灯の明りでよくわかった。

ひとしきり私を打ち続けると、真一はしゃがみこんだ。駈け寄ろうとする桜井を、私は遮《さえぎ》った。

「さおりが再婚するのは勝手だ」

喘《あえ》ぎながら、桜井が言った。

「しかし、六十を過ぎた男だよ、相手は。しかも後継ぎを欲しがっていて、真一がその候補というわけさ」

私は、桜井をマンションの入口の花壇《かだん》の縁にかけさせた。

「その、どこが悪いんです」

「真一は、私の後継ぎだよ。さおりがどうしても真一と離れたくないと言ったから、ほんのしばらく任せた。半年ばかりだ。その前、一年半は私の家にいた。だから次の一年半は自分のところ、という論理なのさ」

乱れた髪を、桜井が掻《か》き上げた。

「しかし、結婚のためなんだ。あの板金屋《ばんきん》の社長は、結婚と同時に、ある程度育った息子も欲しがっている」

「もう別れたんでしょう。村岡さんが再婚しようと、あんたにゃ関係ない」

「真一を、おかしなところへ連れていかれる」

「そんなもの、どちらが親権を放棄するか、話合えばいいんだ」

「さおりは、裁判に持ちこんでも、真一を連れていくつもりだ。なにしろ、それが結婚の条件だから」

「そんなことって、あるのかい。普通は、連れ子なんて厄介《やっかい》もんだろう」

「子供はできない男らしい。さおりも、そのあたりは計算違いだった」

「あんたはあんたで、計算違いをしているんでしょう？」

「母が、真一を離したがらない。この半年、私は責められ続けた。会社のオーナーは母でね。私ではなく、成人した真一に会社を譲るつもりなんだ。この間、はじめて知ったことだが、遺言状まである」

私は、桜井のそばに腰を降ろした。

煙草に火をつける。桜井は、裁判では勝敗は五分五分だという話をはじめた。

「私は、板金屋の社長に会ったよ。ちゃんとした男だった。女房を二年前になくしてね。さおりとは、一年前からだ。かなり手広く、商売をしている男だよ」

「聞きたくもないな、そんな話」

桜井は、ハンカチで顔を拭いながら、まだくどくどと話し続けている。

馬鹿馬鹿しさと、腹立たしさが交互に襲ってきた。

「君を雇っているとすると、さおりはやはり本気で裁判に持ち込むつもりなんだ」

「裁判やって、負けりゃ諦める。それしかないでしょう」

「私の息子だよ」

「あのガキが、会社を受け継ぐことになってるとわかった。その時から、あんたの息子なんだろう」

桜井がまたなにか言いはじめたが、私はもう聞いていなかった。

男女が結婚し、別れ、子供を奪い合う。言葉だけでは説明し難いものが、まだあるのだろう。それを知ったところで、真一になにかしてやれるわけでもなかった。

タクシーが一台やってきた。

降りてきたのは、村岡さおりだった。村岡さおりは、桜井を見て血相を変えた。真一の姿を捜すように周囲を見回し、私の車の方へ歩いていこうとする。立ちあがり、私はそれを遮った。

「なによ、浅生さん？」

「十二時まで、俺が預かってるって話じゃなかったかな」

「気が変って、早退したのよ」

「しかし、十二時までは、俺が預かりますよ。まだ十時半だ」

「わかんない男ね。あたしが帰ってきたんだから」

「じゃ、手を引きますよ。桜井氏が、そこへ来てる。雇ってる若い男もいたみたいだし、あんたひとりじゃ手に負えんな」

「ちょっと」

「十二時まで、俺が真一を預かる。それで、俺の仕事は終りだ。十二時ぴったりに、ここへ連れてくるよ」

私は、もう一本煙草をくわえた。口の中が、かすかにしみている。桜井の軽いジャブでも、口の中は切れてしまったようだ。

私は、自分の車の方へ歩いていった。

真一は、しゃがみこみ、じっとしていた。

「行くぜ、名なし」

真一が、顔をあげる。

「パパとママは、しばらく話をするそうだ。その間、俺と一緒にいよう」

「どこへ、行くの？」

「ゲーセンだ。ゲームのやり方を、ひとつだけ俺が教えてやる。いいか、名なし。おまえは名なしでいいんだ。だけど、いつか自分の名前を決めろ。決めるしかない。どっちでもいいなんておまえが言ってるから、面倒なことになるんだ」

「名なし、でもいいの、いまは？」

「恰好いい、と思えてきた」

「ぼくは」

「いいんだよ。なにも言うな、名なし。おまえは、いつか自分の名前をはっきり言えるはずだ。言うべきだと思った時、はっきり言うんだ」

「ママもパパも、別に悪い人じゃない」

「つらいよな。それでも選べ。おまえが、選べよ。まあいい。俺が言いたいのは、それだけさ」

私は、真一を車に押しこんだ。

車を出す。ヘッドライトに、突っ立っている二人が浮かびあがった。

「ゲーセンで、ゲームはひとつだけだぞ、名なし」

「浅生さん、うまいの？」

「わからねえ。パンチが効《き》いてるんだ。調子はでないかもしれん」

「パパ、高校でボクシングやってたんだ」

「あんなパンチ、効くもんかよ。ずしんと効いたの、おまえのパンチさ」

真一は、助手席にじっと座っていた。

商店街の明りが、真一の横顔を照らし出した。こいつに、名前はある。漠然《ばくぜん》とそんなことを考えながら、私は十字路でハンドルを切った。

第六章　はずみ

1

躰《からだ》が資本だということは、わかっていた。

わかっていながら、トレーニングを怠《おこた》ってしまう。これも人間というやつなのだろう。息が切れて動けなくなるまで走って、つまりは人間の弱さというやつを思い知ることになる。

それにしても、足の速い小僧《こぞう》だった。私はガードレールに両手をつき、しばらく肩を上下させていた。これぐらいの距離を走って、人に負けることはない。そういう二十代はとっくに終ってしまって、三十代も半ばに達しかかっている。

呼吸が収まったところで、私はガードレールから両手を放し、煙草《たばこ》に火をつけた。深夜だが車はまだ多く、客を捜しているタクシーが近づいてきたりした。

私は車のところまで歩いて戻った。車に乗りこんでから、二本目の煙草に火をつける。いくら息が切れても、煙草をやめようという気は起きなかった。躰を使えなくなれば、頭を使えばいい。私の商売はその程度のものだ。

エンジンをかける。二万キロ走った中古のビートルは、頼りなく車体をふるわせる。ビートルはドイツ製だと思いこんでいたが、こいつが南米生まれであることを、ついこの間知った。道理で、ドアが閉らなくなったり、窓ガラスが降りなくなったりするはずだった。それも右側だけときている。ドアが閉らなくなった時、私は紐《ひも》で縛《しば》りつけて走っていた。暇《ひま》な時に自分で修理をして、いまは多少たてつけが悪いという感じだが、閉る。閉ったまま開かないということもない。

エンジンの調子は悪くなく、ワイパーは動き、ライト類が切れたこともない。右のドアだけが、まるで別の人間が作ったというような気がするのだ。

トラブルといっても私が自分で直せる程度で、私はビートルを気に入っていた。風を入れるための三角窓など、都会では排気ガスを吹きこませるためのものとしか思えない時があり、悪態をつく相手としてはまさにぴったりなのだった。なによりも、口答えをしない。

「速く走れりゃいいってもんじゃない」

ギアをローに押しこんで、私は言った。今夜は、百三十キロがせいぜいのビートルに、かすかな親しみさえ感じる。

「ちゃんと走っているかどうかが、問題なんだ。自分が、ちゃんとした道をきちんと走ってると思えるかどうかがな」

ビートルは、のろのろと動きはじめる。セカンドに入れた。そのまま、車の流れの中に入っていく。三角窓から、冷たい風が吹きこんでくる。汗ばんでいる私の肌には、それも心地《ここち》よかった。

「帰ろうか。あんな小僧のために、徹夜なんてたくさんだからな」

よく知っている道だった。さほどスピードがあがる前に、私はトップにシフトした。高回転まで回すというのは、私の趣味《しゅみ》というより財布《さいふ》に見合わない。

私は、足の速い小僧のことは、明日の朝まで忘れることにした。ひと晩じゅう考えていなければならないほどの、報酬《ほうしゅう》は貰《もら》っていない。

渋谷の、夜中でも車の多そうな道は迂回《うかい》して、恵比寿《えびす》まで戻ってきた。月極《つきぎ》めの駐車場にビートルを突っこむ。おやすみと挨拶《あいさつ》をして、私は百メートルほど歩き、自分のマンションのエレベーターに乗った。

おかしなマンションで、時には水着姿の女が廊下《ろうか》を歩いていたり、眼に蝶《ちょう》のかたちをした仮面をつけた女がエレベーターに乗っていたりする。誰《だれ》にも会わなかった。

私は上着とズボンをクローゼットにかけ、シャツと下着を洗濯機に放りこむと、熱いシャワーを使った。冷蔵庫には、冷えたビールが入っていた。私が買ったものではない。冷蔵庫に入れるものを、私はほとんど買ったことがないのだ。三日に一度は、令子《れいこ》がやってきて補給していく。それに対して金を払ったりすれば、令子は怒るに決まっていた。私はバスタオルを腰に巻いた恰好《かっこう》でソファに腰を降ろし、テレビのスイッチを入れた。深夜番組。ほとんどテレビを見ることはないので、タレントの顔などは知らない。

ビールを一本飲むと、留守番電話のチェックをした。大したものは入っていないが、明日連絡をしなければならないものが二つあり、それをメモにとった。最後に入っていたのは、中年の女の声だった。相談があるという出だしだが、そのあとは若い男の悪口ばかりで、結局自分を捨てた恨《うら》みを誰かにぶっつけたかっただけとしか思えなかった。こういう中年女はよくいる。最後まで、私にどういう仕事をさせたいのか判然とせず、時間の無駄《むだ》になってしまうのだ。はじめから、相手にしないことだ。

面白いことは、なにもなかった。面白いことがあるだろうと思って、私立探偵をはじめたわけでもなかった。以前に、まだまともな会社勤めをしていたころ、ちょっとした調査の仕事をしたことがあった。横領の疑いがある人間の、私生活の調査を直属の上司に命じられたのだ。

いやな仕事だと思ったが、自分でも驚くほどうまく、私はそれをやってのけた。会社をやめた時、ふとそのことを思い出しただけのことだ。

二本目のビールを飲みはじめ、下着とパジャマを着こんだ。下着もパジャマも、いつも洗いたてである。

令子が私の面倒を看《み》るのは、別れた男にしてやりたかったことをやっているだけだ、という気はいつもしていた。どういう男だったのか考えたことはなかったが、代役というのは、私立探偵にはお似合いだと時々思う。

ビールは二本で切りあげ、ウイスキーを飲みはじめた。このところ下腹の贅肉《ぜいにく》が摑《つか》めるほどになっていて、それはビールのせいに違いないと私は思っているのだった。年齢のせいでも、運動不足のせいでもあるはずがない。

テレビでは、相変らずわけのわからないことをやっていた。仕組みがわかっていれば、笑えるものなのだろう。盛んに笑い声もあがっている。

チャンネルを替える気にもなれず、私は自分が眠れると思えるまで酔《よ》うのを待った。

2

事務所と自宅が同じというのは、便利さのためではなく、財布の都合《つごう》だった。

「見つからねえってのは、どういうことなんだ?」

声の大きな男で、特に大声で喋《しゃべ》っているわけではないのだろうが、咎《とが》められているという気分にはなってくる。それがホテルの静かなティラウンジということになると、上司に叱《しか》られている部下という感じに見えるだろうとも思う。

「金は払ってるんだ」

「尻尾《しっぽ》は、摑んでます。きのうの夜、それを引っ張れば、手繰《たぐ》り寄せられたかもしれません」

「なぜ、やらなかった？」

戸川《とがわ》は、コーヒーにのばしかかった手を途中で止めた。私のこの依頼人は、もの言いは高圧的だが、眼に気の弱さが覗《のぞ》いて見えた。

「勤務時間ってやつがありましてね」

「そりゃ、どういう意味だ？」

「一日八時間。それ以上の日当は貰っていません」

「なんだと。金が足りねえってことか」

「俺《おれ》も商売ですから、契約した時間内は懸命《けんめい》に働きますよ。それ以外の時間は、つまり俺の時間ってことです。すべてを売り払ったわけじゃありませんから」

「時間があれば、見つけられたってことか？」

「多分。やってみなけりゃわかりませんが」

昨夜《ゆうべ》、私は時間をオーバーして、あの小僧を張っていたが、それは言わなかった。

「足もと見てるんじゃあるまいな？」

「それは、そちらで判断されることですよ。超過時間は認めないと、はじめに言われたじゃないですか。好きこのんで、ただの残業をやる人間なんていないでしょう」

「しかし、どれぐらい時間がオーバーするか、ほんとにオーバーしているのか、わかりゃしないじゃないか」

「そうですね。一括《いっかつ》で、一件でいくらということも、はじめに申しあげました」

私は煙草に火をつけた。二日かかる調査を、わざわざ三日かけてやる。そういう真似《まね》はしない。しかし、人を見つけて連れて来る仕事に、八時間と切られてしまうと、実際は難しいことが多いのだ。

「二日で、見つけられるか？」

「いまなら、多分」

「保証は？」

「ありません。可能性が高いとしか言えません。それでも、二日なら二日分の金は払って貰わなくちゃならないんです」

「見つけるまでやってくれ、ということなら三十万プラス経費だったよな」

「一日だったら、七万です」

「三日で、二十万にしてくれねえかな」

戸川は私に名刺をくれていたが、それには戸川商店の社長と刷《す》りこまれているだけで、なんの仕事をやっているのかは知らなかった。

「三十万プラス経費の一括調査は、四日が期限です」

「そっちの方が得ってわけか」

戸川は、考える顔をしていた。コーヒーは冷《さ》めてしまっている。

「高いな」

「この種の調査を、あまり御存知《ごぞんじ》ないようですね。正直言って、賭《か》けみたいなところもあって、俺を信用するかどうかなんです」

「あんたは信用できるって話を聞いた。だから頼んでるが、俺の方も懐《ふところ》が厳しくてね」

「こうしましょうか」

私も、財布が心細かった。

「一括調査で、二十五万。経費はいただきます。それでも、仕事がうまくいくかどうか、百パーセント保証はできません。うまくいった場合、五万の成功報酬。俺が妥協できるのは、ぎりぎりそこまでです」

戸川が、冷めたコーヒーを口に運んだ。三十万出すしかない、と肚《はら》を決めた感じはあった。このところ、私は仕事にあぶれていた。浮気の調査すら、舞いこんできていないのだ。そんな日がひと月も続けば、私の財布は完全に空っぽになり、電話すらも止められかねない事態になる。

「いままでに、六万払ってる」

「そこらの探偵社よりは、安い料金になっているはずです」

「そうなんだろうな。ほかじゃ、もっと高いことを言った」

戸川が誰の紹介で私に仕事を頼む気になったのか、訊《き》いていなかった。ほかの依頼人については一切《いっさい》喋らない、と私は決めているからだ。ほかの探偵社にも、料金の打診ぐらいはしたのだろう。

「いいだろう。今日払うのは、二十五万でいいんだな」

「前金が原則というのも、申しあげました。きのうの分の経費、三千二百五十円も、一緒に払っていただけますか。俺はこれでも、経費は使わない方だろうと自分で思っています。それだから仕事の質が落ちることもないはずです」

「しかし、見つけてくれないことにはな」

戸川は、胸ポケットから財布を出すと、二回札を数えてテーブルに置いた。私はそれを、数えずに二つに折ってポケットに突っこんだ。戸川が数えるところを、しっかり見ていたのだ。手品でも使わないかぎり、札は間違いなく二十五枚ある。経費分も、領収証と引き換えにぴったりと出された。

「いまから、四日間だな。今日、見つかってしまったら、どういうことになる」

「成功報酬の五万と経費を、やはり払っていただくことになります」

「いい商売だ」

「今日、見つけられればですよ。多分、それは無理でしょう。それに、若干《じゃっかん》の危険も伴《ともな》う。必ずしも、俺は高いとは思いません」

「とにかく、見つけ出して連れてきてくれ。死んでなきゃ、どうなってたって構わねえからな」

「心配されなくても、殺してしまうような無謀を、探偵は決して冒《おか》しません」

「だろうな」

「成功報酬は、わずか五万ですから」

戸川が笑った。

私は腰をあげた。戸川は、私から眼をそらした。ティラウンジでお茶を飲んだという領収証がなければ、駐車料金を取られる。それを見越して、私は路上に車を置いてきていた。取締《とりしま》りがあれば、駐車料金の数倍の罰金を取られる。私はそのために急いでいるので、仕事にかかるために急いでいるわけではなかった。

ビートルのタイヤに、チョークの跡《あと》などなかった。交通係の婦警は、どんな言い訳も聞こうとしない。これまでに二度、駐車違反で切符《きっぷ》を切られている。これ以上、罰金を払うのはごめんだった。

運転席に腰を据《す》えれば、取締りがあっても動けばいいだけのことだ。

私はビートルの運転席で、これからどうすればいいのか、しばらく考えた。すぐに動くことはなさそうだった。部屋へ戻り、夕方までのんびりして、それから仕事に出かける。それで充分だろう。

今夜は無理としても、明日にはあの小僧は見つけ出せる。走り出す前に、つかまえてしまえばいいだけのことだった。仕事がうまくいけば、あと五万は入り、私としては多少の余裕があるという状態になる。

自分が金に細《こま》かい人間だと、私は考えてはいなかった。財布が心細い時は、細かくならざるを得ないのだ。一万二万どころか、千円や二千円にもこだわる人生を、私は悪いとは思っていなかった。

車を出した。

三角窓から風を入れる。秋の風は、ちょっと身を竦《すく》めたくなるほど冷たいことがある。このビートルも、暖房は効《き》くのだが、私はそれをあまり好きではなかった。寒い時は、着こんで車に乗っていればいいのだ。

部屋へ戻ると、私はのんびりするのはとりやめ、トレーニングウェアに着替えて、外を走りはじめた。この一週間、忘れていたことだ。いくらか金が入ってくると、走ることも無駄ではないと思えてくるから、不思議なものだった。

躰は、鍛《きた》えている。スポーツ選手ほどではないにしろ、同じ年齢の男たちと較《くら》べると、私の肉体はずっと若さを保っているはずだ。一週間公園では、柔軟体操に加えて、サイドステップの踏み方なども入念に練習する。一週間のツケが、躰じゅうで音をたてていた。

3

二日かけて調べたのだ。

佐野良夫《さのよしお》の居所など、腰を据えれば突きとめられるほどの材料はすでにあった。きのうの夜のように、相手に気づかれずに背後に立っていることもできる。

背後に立っても、逃げられた。私はそれで、急ごうという気になっていた。足が速かったとはいえ、逃げられたことは事実なのだ。佐野は、全身に警戒の棘《とげ》を立てている。

この二日の調査で、浮かんできている名前はいくつかあった。その中のひとりを、私は職場から尾行した。誰が佐野に近いかはよくわからず、ひとりに吐《は》かせるのが一番早い方法だと私は考えたのだ。

神谷進《かみやすすむ》は、自動車の修理工で、自身も改造した軽自動車に乗っていた。軽自動車でも、私のビートルでは追いつけないほど、キビキビと走る。

神谷は、六時に工場を出ると、部屋へは戻らず、別の町工場へ行った。そこには、バイクをいじっている、二十歳ほどの男たちが三人いた。神谷は、工場の前に車を停《と》め、ジャンパー姿のままレンチを使いはじめた。ほかの三人は、ただ神谷がやることを見ている。プロは神谷ひとりというわけなのだろう。時々手伝《てつだ》ったりはしているが、誰も神谷ほど道具を鮮《あざ》やかに使ってはいない。

一時間ほど、その作業が続いた。なんのための作業かは、近くから見ていても私にはわからなかっただろう。

やがて、神谷が布で手を拭《ふ》きながら、バイクから離れた。ほかの三人が、取りはずしていたらしい部品を付けはじめる。妙に大人っぽい表情で、神谷はそれを見ていた。

エンジンがかけられ、バイクが派手な音を出した。ひとりが跨《また》がり、工場を飛び出していく。残った三人は、煙草を喫《す》いながらなにか喋っていた。

十分ほどで、バイクは戻ってきた。一度だけ神谷はしゃがみこみ、エンジンを覗きこんだ。それから、跨がったままの男に手を出した。男はジーンズのポケットから、札を一枚出して渡した。

神谷は、自分の車に乗りこみ、再び走りはじめた。バイクの修理の手伝いかなにかに呼ばれたようだった。

十分ほど走ったところで、神谷は車を停めた。大衆食堂の前だった。しばらく、私はビートルの中で待った。神谷が出てくるのが見えた。私はビートルを発進させ、駐車をするようなふりをして、神谷の軽自動車の尻《しり》に、ビートルのアイアンバンパーをぶっつけた。

すぐに後退し、走り去る。ミラーの中に、軽自動車に飛びこむ神谷の姿が見えた。

あっという間に、後ろに迫ってきた。

ビートルが、ビールのようにガソリンを呑《の》みこむのも構わず、私は三速にシフトダウンして、スロットルを踏みこんだ。狭い道に入る。これなら、追い越すことなどできないからだ。一方通行を辿《たど》り、私は神谷の車を次第に人が少ない方へ導いた。さすがに、神谷は車をぶっつけてこようとはしない。ハイビームの光で、ビートルの車内を射抜いているだけだ。

追い方は、執拗《しつよう》だった。諦《あきら》めそうな素ぶりは、まったく見えない。後ろから私の運転の腕を測り、たやすく追いつけると読んでいるのだろう。実際、神谷の車のライトは、三メートル以上は決して離れていないように思える。

土手沿《どてぞ》いの道に出た。それほど大きな川ではないが、河川敷《かせんしき》ぐらいはありそうだった。いきなり、神谷の車がビートルの脇《わき》を擦《す》り抜けて前へ出た。鮮やかなもので、こちらに加速する暇《ひま》さえ与えない。

ブレーキランプが点滅した。車内が赤く照らし出されるほど、すぐ前だ。私も、ブレーキを蹴飛《けと》ばした。停《とま》ると、すぐに車を飛び出し、土手を駈《か》けあがった。

神谷が追ってくる。私は、河川敷の闇《やみ》の中で神谷を待った。

「当てて、そのまま逃げようってのかよ、おい」

神谷は、かすかに息を弾《はず》ませていた。

「悪かったな、神谷」

名を呼ばれて、神谷は息を呑んだようだった。もともと、肚の据《すわ》ったタイプでも、喧嘩《けんか》を好むタイプでもないのだろう。車をぶっつけられたのを見て、頭に血を昇らせただけだ。

「車に、傷ってほどの傷はついてないはずだ。バンパー同士で、お互いに吸収してる」

「なんだよ。どういうことだよ？」

声に、いささか力がなくなっていた。

「俺の顔を、忘れたのか、神谷？」

言って、私は神谷に近づき、煙草をくわえた。火をつける。次の瞬間、私は神谷のボディに一発叩《たた》きこんでいた。うずくまる前に、もう一発叩きこむ。

神谷は、嘔吐《おうと》していた。

「こういうことは、俺の好みじゃないんでね。できることなら、俺が訊くことに素直に答えて貰いたい」

これほど手荒なことを私がやるのは、めずらしいことだった。大抵《たいてい》は、回り道でも別の方法を考える。

「佐野良夫がどこにいるか、教えて貰いてえんだ」

「知らねえ」

うずくまったまま、神谷は私を見ようとしているようだった。

「知ってるさ。だから車をぶっつけて、おまえに追わせたんだ。こんな暗いところで、痛い目をみているのも、佐野良夫の友達《ダチ》だからだよ」

「俺は」

「教えてくれるよな。礼はする。俺の懐からだ」

神谷に礼をしたところで、領収証など取れそうもなかった。私は、うずくまっている神谷の、腹のあたりを狙《ねら》って蹴りあげた。神谷の躰が、仰《あお》むけになる。喧嘩に馴《な》れていない人間とは、そんなものだった。自分が殺されると確信した時、必死の反撃ができる人間も、実際は少ないものなのだ。

「良夫は」

「友達《ダチ》だろう。ほんとの友達なら、こんな迷惑はかけたりしないものなんだがな」

「なにを、やったんだ？」

「知らない方がいい」

佐野良夫がなにをやったのか、私も知りはしなかった。昨夜の逃げ方を見ると、かなりのことをやったと自分でも思っているのだろう。

「おまえが喋ったってことを、佐野良夫が知ることはない。だから、怕《こわ》がることもないんだよ」

「あいつ、俺を殺すよ」

「おまえが喋ったと知ればな。おまえはなにも喋っちゃいないし、車に傷もついてない。喋らなきゃ、おまえの躰じゃなく、車のボディをボコボコにしてやるぞ」

「やめてくれ」

「最後にゃ、燃やす」

「駄目《だめ》だ」

「だよな。車の方が、佐野良夫よりおまえにとっちゃ大事な友達だろう」

私は、煙草を捨て、草の上で踏み躙《にじ》って消した。こういう方法を取るべきではなかったと、心の底のどこかで後悔しはじめていた。

「俺の車には、触らないでくれ」

「わかってる。おまえは、あの車を何カ月もかけてチューンアップしたんだよな」

「一年」

喘《あえ》ぐように、神谷が言った。私の後悔は、その分だけ大きくなった。

「一年の努力を無駄にしたくなかったら、佐野良夫のことを教えてくれ」

後悔を押し潰《つぶ》すように、私は言った。はじめてしまったのだ。一度はじめたことは、やってしまうしかなかった。

見かけは、それほど足が速そうには思えない。それが、昨夜とり逃がした理由だと、私は自分に言い聞かせていた。

4

佐野良夫が戻ってきたのは、午前二時半を回ったころだった。友人のアパートである。見かけこそ古くはないが、工場から建材を運んできて、二、三日で完成させてしまったのではないかと思えるほど、安直な造りだ。

部屋の主は、私が張りこみはじめた時はすでに戻っていて、私は近所のアパートと間違えたふりをして、ドアをノックしたのだ。部屋の主はサンダルをひっかけて出てきて、親切にそのアパートへの道順を教えてくれた。

佐野がほんとうにここへ来るかどうか、疑いはじめていた時だった。タクシーから降りた姿を見て、佐野だとすぐにわかった。

「よう」

私は佐野の背後から声をかけ、次の瞬間には、体重を充分に乗せた蹴りを膝《ひざ》に送りこんでいた。佐野は膝を折って呻《うめ》きをあげ、上体を起こすと不意に走りはじめようとしたが、また膝を折った。

「しばらくは、走れないさ。歩いても痛いはずだ」

闇を透《すか》すようにして、佐野が私を見つめてきた。Tシャツの上に革《かわ》ジャンである。髪は短い方で、逆立《さかだ》つようにムースで固めてあるようだ。かすかに酒の匂《にお》いをさせていた。

「歩け。友達《ダチ》を呼ぶ前に、急所に三発食らわせてやれるからな」

「なんだってんだよ。俺に恨みでもあるのかよ？」

「なにもない。声をかけられたら走って逃げるやつに、恨みなんて必要ないさ」

「きのうの晩も、あんたか？」

「それ以上喋るな。黙って歩け」

「なんだって」

喋ろうとした佐野のストマックに、私は拳《こぶし》を叩きこんだ。呻き、うずくまったが、筋肉がしっかりしていることは、拳の感触でよくわかった。私のように贅肉も付いていない。

私は、佐野の革ジャンの襟首《えりくび》を摑み、引き起こした。歩かせる。私のビートルを駐《と》めてあるのは、百メートルほど先にある、寺のブロック塀《べい》のそばだった。

「恨みもないのに、なんだって俺をつけ回したりするんだよ」

「恨みを買う憶《おぼ》えはあるんだろう。俺のことは、そいつの代理人だとでも思えよ」

「恨みなんか、買ってねえよ」

「じゃ、なぜ逃げる」

「筋合《すじあ》いでもないのに、追っかけてくるやつがいるからだ」

「おまえが筋合いじゃないと思っていても、むこうにはむこうの理由があるかもしれん」

「あんた、それを知らねえで、俺をこんな目に遭《あ》わせてんのかい？」

「商売なんだ」

「金で雇《やと》われてんのか。笑わせるぜ。つまり、犬みてえなもんだ」

ビートルのそばまで来た。ポケットのキーを探《さぐ》った瞬間を狙い澄ましたように、顎《あご》に拳が飛んできた。かなり強烈《きょうれつ》だった。折れかかった膝を立て直した時、腹に靴《くつ》がめりこんできた。小僧にしては、上出来だった。三発目に拳が飛んできた時、私は自分の方から佐野に倒れかかった。距離のないパンチは、大したことはなかった。私は、擦れ違うようにして、佐野の首に肘《ひじ》を打ちこんだ。

佐野が、棒のように倒れる。私は煙草をくわえた。火を点《つ》けて、一度煙《けむり》を吐いた時、佐野がのろのろと身を起こした。

「やめとけ、坊や。勝負はもうついてる。おまえがいくら頑張《がんば》ろうと、俺に勝てはしないさ」

佐野はなにも言わなかった。闇の中にただ立って、じっと私を見つめていた。佐野の眼が、白っぽい光を放《はな》っている。

佐野が、パンチを送り出してきた。ゆっくりと、弧《こ》を描くようにパンチが近づいてくる。ちょっとサイドステップを踏んで、私はそれをよけた。

二度目のパンチは、もっと遅く、ほとんどよける必要もなかった。佐野は自分で体勢を崩し、たたらを踏みながらブロック塀にぶつかった。むき直る。いやな気がした。根性だけはある。私は、くわえていた煙草を吐き出した。

佐野のパンチ。踏み出し、頭を下げ、かいくぐると同時に、私は佐野の脇腹を打った。佐野が膝を折る。片膝をついただけで、佐野はまた立ちあがった。踏み出してくる。低い唸《うな》り声。肩に、パンチを受けた。すでに力を失ったパンチで、フォローもすぐには出ないようだった。

仕方がない、と私は思いはじめていた。いつまでもこんなことをくり返していたのでは、佐野に与えるダメージが大きすぎる。

佐野が再びパンチを出してきた時、私は胸でそれを受け、躰を接近させると、下から拳を突きあげた。佐野が、仰むけに倒れていく。しばらく起きあがってこなかった。最初に手を、腕を、佐野はかすかに動かした。それから、腿《もも》を腹に引きつけた。

立ってきた。私は、佐野の動きを見守っていた。拳には、痺《しび》れるような痛みがあった。佐野は、違う方向に踏み出しかけ、それからはじめて私の姿を捉《とら》えたらしく、むきを変えて拳を突き出した。一メートル近い余裕があった。

「やめろよ、佐野。自分がどういう状態か、わからないのか」

佐野のパンチを、私は数発よけた。もう、突き出してくるというほどの強さもなかった。

面倒なことになった。こういう相手は、半殺しにしないかぎり大人しくはさせられない。私は、半殺しにするほどの気は、勿論《もちろん》なかった。それほどの報酬は貰っていないし、どんなに報酬を出されたところで、それはごめんだった。半殺しにするということは、間違えば殺してしまうということだ。

それにしても、いそうもないやつがいるものだった。命がけで立ちあがるようなものだ。私はたじろぎ、どこかで羨望《せんぼう》し、かすかだが嫉妬《しっと》に似たものも感じていた。

「俺が本気でむかつかない間に、やめるんだ、佐野。俺は、おまえをある男のところに連れていけば、それで仕事は終る」

佐野が、低い唸り声をあげた。なにか言おうとしているようだ。

「いつまで続けたって、おまえはその男のところへ行くことになる」

「負けねえ」

佐野の声は低く、ろれつも回っていなくて、ひどく酔っているような感じだった。

「てめえの躰を張れる間は、俺は負けねえんだ。絶対に、負けねえ」

佐野が踏み出してくる。

私は、今度こそという気分で、佐野の顎を右で打ち抜いた。完全に振り抜いていて、その勢いで私の躰は横をむき、一瞬佐野の姿を見失ったほどだった。

佐野は、大の字に倒れていた。

いくらなんでも、もう動こうとしないだろうと思ったが、佐野は手から動かしはじめ、足を動かし、かなりの時間をかけて四《よ》ツ這《ば》いになり、何度か失敗したあと立ちあがった。殴《なぐ》るのでは駄目だ、と私は思った。

パンチというより、ただ手を出してくる。それを撥《は》ねのけ、私は佐野の躰に組みついて押し倒した。うつぶせにし、馬乗りになった。革ジャンパーの左襟を右手で摑み、首の横を絞《し》めあげる。佐野が抵抗しようとする力を、かすかに感じた。それが、手から消え、かわりに痙攣《けいれん》が伝わってくる。

私は立ちあがった。佐野の躰の腿から下は、まだ痙攣を続けている。私は佐野を担《かつ》ぎあげ、ビートルの助手席に運んだ。

腹活《ふくかつ》を入れる。活法には、背活《せかつ》と腹活があるらしい。私はそれを、町道場の柔道教師から習った。その教師は整体のようなこともやっていて、ひどい足首の捻挫《ねんざ》で通った時、ついでのようにして柔道を習ったのだ。

佐野が、眼を開く。

私は、ハンドルに手をかけて覗きこんだ。

「気がついたか、坊や」

「俺は」

「完全にのびてた。憶えてるか？」

「二、三発、殴られたような気がする。それで、俺はのびちまったのか？」

「呆気《あっけ》ないもんだった。はじめの勢いじゃ、もうちょっと根性がありそうだったのにな」

「そうか。そんなにあっさりやられちまったのか」

「まだ小僧だ。大人の喧嘩をやるにゃ早い」

佐野が、かすかに首を振った。

「気分は？」

「ひどく悪いね」

「どこかで、ひと休みするさ。朝まで、休む時間はたっぷりある」

エンジンをかけた。

クラッチを繋《つな》ぐと、ビートルはのろのろと動きはじめた。

5

別にどうでもいいことだったが、私はビートルを海のそばに持ってきていた。東京港のどこかだ。コンテナの間に紛《まぎ》れこんでしばらく走ると、貨物船が二艘《そう》繋がれた埠頭《ふとう》に出たのだ。

完全にのびたと言われてから、佐野は動く気を失ったようだった。助手席のシートを倒して、じっとしていた。時々首を動かしているが、気分はそれほど悪くもなさそうだった。

運転席のシートベルトを助手席のシートベルトにくぐらせてかけているので、たやすく外に出ることはできない。

「煙草は？」

空が明るくなりはじめたころ、私は言った。両切りのショートピースを、佐野はめずらしそうにしばらく見つめていて、それから手を出した。私もくわえて、火を点ける。

「こいつは、ごついな」

「大したことはない。コケ脅《おど》しってやつだ」

「いや、来るよ。吸いこんだ時、頭がクラクラした」

佐野の躰では、確かに効くはずだ。私のパンチで脳味噌《のうみそ》をかき回されていて、いつもの状態には回復していないに違いないのだ。

「それにしても、あんたのパンチも、ごつい。躰じゅうが、まだ痺れてる」

「おまえの躰が、しっかりしていた。それで半端《はんぱ》なパンチじゃ駄目だと思ったんだ。鍛えてるのか？」

「一年前まではな。大学で、アメフトをやってた」

「アメフトね。まともに勤めて、平凡になってそうなスポーツみたいに思えるがね」

「まともに、勤めてたよ。小さな会社だけど。大抵の大学生と同じだった」

「大会社に就職ってわけにゃいかんのかい？」

「俺の行ってた大学じゃね。それに、アメフトをやりすぎた。四年で出場資格がなくなるので、卒業させてくれたようなもんさ」

戸川が金をかけてまで佐野を捜すのは、なにか恨みがあるからだろう、と私は思っていた。佐野のことを語った戸川の口調が、はっきりとそれを感じさせたのだ。

しかし、佐野のような男のどこを、戸川は恨んだのか。

「あんた、勤めたことは？」

「何年も前に、やめた。それまでは、どこにでもいる勤め人だったよ」

「金で雇われて、人を殴ったりしているのかい？」

「それだけじゃない。殴ることなんて、滅多《めった》にありはしない。いなくなった人間を捜したり、浮気の調査をしたりってのが、ほんとの俺の仕事だ。連れて来いと言われることなんて、あまりないんだ」

「いきなり、俺を蹴りつけたぜ」

「おまえが、また突っ走ると困ると思った。俺よりずっと足が速いからな」

低い声で、佐野が笑った。

「足が速いだけしか取柄《とりえ》がなくてよ。それで大学にも入れた。選手の時が終っちまえば、誰も見向きもしねえんだ。高校時代の友達《ダチ》とばかり会うようになる。アメフトでも、ほかのやつらと俺はレベルが違ったんだ」

「だろうな」

「試合も見てねえのに、わかるのかい？」

「殴り合えば、大抵はわかる」

「俺は、金を貰って大学に入ったんだよ。わかるかよ。試験なんか零点《れいてん》でもよ、受けりゃ入れるってやつよ。学費もなし。まあ、俺みてえなのが行ってても、不思議はねえ大学だったけどね」

短くなった煙草を、私も佐野も、窓の外に弾《はじ》き飛ばした。

空は明るくなっていたが、港に人が出てくるまでには、まだ時間があるのだろう。明るいだけで、ひっそりした静けさがかえって際立っている。

「なにやった、おまえ？」

「それも知らねえで、あんたは俺を追っかけ回してたのかい」

佐野が、声をあげて笑った。

「俺を捜せと頼んだの、戸川だろう？」

「依頼人については、言えないことになってる。会えばわかるとしか言えんね」

「戸川以外に、金を払って俺を捜すようなやつはいねえな」

もう一本というように、佐野が人差し指を立てた。私は、新しいショートピースの封を切った。

「なにを、やったんだ？」

「俺が戸川に会った時、それがわかるさ」

「ケチな男で、大して金は出してくれなかった。誰とは言えんが、俺の依頼人がだ」

「戸川は、ケチじゃねえよ。ただし、仕事以外ではだ。仕事じゃ、ケチだった。紙一枚、ボールペン一本会社のものだ、といつも言ってやがったし、時々備品の検査もやりやがる。だけど、女には金を出すね」

戸川と佐野のトラブルは女だろう、と私は見当をつけた。五十を超えた男と、二十歳そこそこの小僧。どちらが有利とも、私には言いきれない。要するに、女がどういう玉かということになる。

私は煙を吐いた。これ以上、佐野に訊こうとは思わなかった。佐野の方から、喋ってくれれば別だ。

「俺は、女に振り回されたんだよ。一緒に入社した、高卒の女さ。俺にゃガキに見えたが、女なんて歳《とし》じゃわからねえな。はじめっから、俺の方がガキ扱いにされてたね。いまじゃ、それがよくわかる」

私は、貨物船の方を見ていた。当直の乗組員なのか、ひとり甲板《かんぱん》を歩いている。朝の静けさの中で、靴音が聞えてきそうな気がした。

「女なんて、買ったことしかねえ。それがただでできて、好きよなんて言われりゃ、俺みてえな単細胞は、結婚なんて言葉がすぐ頭に浮かんじまう。女の方はよ、高校時代から適当に遊んで、俺ともそういうつもりだったんだろう。いや、結婚してもいい、と思った時はあったかもしれねえな。なんとなくだよ。なんとなく、うん、と言っちまうような女だった」

佐野は、律義《りちぎ》に窓の外に灰を捨てている。私の方が、時々膝に落とした。

「夏ごろからおかしくなって、結婚なんてまだ早いと、説教される始末さ。おまけに社長が出てきて、女は仕事を覚えてからにしろと怒鳴りまくる始末だ」

私は、煙草を窓の外に弾き飛ばした。佐野は、親指と人差し指で挟むように持って、まだ喫い続けている。

「結局、女は社長のものになった。金に眼がくらんだのさ。贅沢《ぜいたく》ができりゃ、それだけでいいと思った。頭に来た俺も、馬鹿だけどね」

貨物船の甲板から、人影は消えていた。

「七時半か。そろそろ、港が動きはじめるころかな」

私は言った。戸川という男が佐野に会いたがり、私はただ捜しただけだ。それ以上でも以下でもない。

「俺の月給以上の金で、あいつは戸川に囲われやがった。それまで、俺と結婚すると言ってただぜ。俺は戸川と話をつけようとしたよ。馬鹿扱いにされた。まったく、自分でもいまじゃそう思う」

「もうよせ」

「聞きたかったんじゃねえのかい？」

「俺には関係ないことでね。俺は、おまえを依頼人のところへ連れて行けば、それで仕事は終りだ」

「馬鹿と思ってるんだろう。体力にゃ自信があったのに、あんたにゃあっさりのされちまうし。取柄のねえ、馬鹿だな」

「そんなことはない」

「俺をのしたあんたが、そんなことを言うのかい」

佐野は、短くなった煙草を、窓の外に捨てた。熱くて、指に挟んでいられなくなったのだろう。

「俺は会社をやめた。やってられるかよ。女は、やめちゃいねえんだぜ」

「俺には、わからん」

「負け犬が尻尾巻くみてえに、やめたくねえ。そう思っても、どうすりゃいいかわからねえ。俺がやったことなんて、結局のところ負け犬の腹癒《はらい》せだね。あんなことしていなけりゃ、会社をやめてもこんなにゃ荒れなかったはずだ」

「タグボートが、動いてるな」

関係ないことを、私は言った。この話題は早く切りあげたかったが、はじめたのは私の方だった。ショートピースにのばしかかった手を、途中で止めた。喫い過ぎると、やはり息が切れる。

「まったく、どうしようもねえ馬鹿だ。それに、暗いね。自分でいやになるぐらい、暗いやつだよ」

「俺も、暗いさ」

「かもね。探偵なんかやってるなんて、暗いとしか思えねえ」

「街に、詩を書いてる。そう言われたことがあって、俺は気に入ってるんだ」

「わからねえよ。高校じゃ喧嘩、大学じゃアメフトしかやってねえんだ」

「つまり、人間をまだ信じてる、と言われたような気がしたんだ」

「俺は、女で痛《い》てえ目をみた。社長も女も、殺してやろうかと思ったぐらいだからよ。だけど、もう冷めちまってる。女なんていくらでもいるし、無理に結婚なんかしなくてよかった。いまじゃ、そう思ってるよ。あんな女への腹癒せなんか、やるんじゃなかったと後悔もしてる」

「もういい」

「はずみだな。はずみで、人間は思ってもみねえことをやっちまう」

「黙ってろ、と言ってるだろう」

「あんたも、はずみで探偵になっちまったクチかい？」

「まあな」

「女は？」

「いるよ。俺が街に詩を書いてる、と言ったのが、その女だ」

「惚《ほ》れてる？」

「わからんよ」

「だよな。ついこの間まで、惚れ抜いてると思った俺が、いまじゃあんな女なんてって感じだしよ。はずみで、おかしなことをするもんじゃねえや」

佐野がなにをやったのか、私は考えないようにした。私も、佐野が言う通り、はずみでなにかをやってしまうクチだ。仕事のことだけを、考えていた方がいい。

6

戸川商店は、商店という名を考えれば、そこそこの構えだった。六階建のビルのワンフロアで、社員も三十人近くはいそうに見える。

相変らず、なにを扱っている会社か私にはわからなかった。

佐野を見て、社員が顔を寄せてヒソヒソとやっている。佐野は平気な顔で、私の先に立って歩き、社長室のドアをノックもせずに開けた。

びっくりしたように、戸川が立ちあがるのが見えた。

「俺を捜してるって話だったから、来てやったよ、社長」

言って、佐野がソファに腰を降ろした。狭い社長室だが、デスク以外に、古びたソファがひとつあった。

「俺が行った。電話をくれれば、俺の方から出て行った。誰が、会社に連れてこいと言った」

戸川が、私を見て言う。ホテルのラウンジで話す時ほど、声は大きくなかった。

「場所の約束はせず、見つけたらすぐに連れてこいというお話でした。名刺には、会社の住所しか書いてありませんしね」

「考えろ、少しは」

「なら、はじめから会社には連れてくるな、と言われればいい。こっちは、荷物を抱えているんです。はずみで、いつ逃げ出すかわからないような、荷物をね。抱えた時から、電話なんて無理なんです」

「それにしても」

「見つけて連れてくる。それだけの約束でした。仕事は終りです。金を払っていただけませんか？」

「なんだと」

佐野は、含み笑いをしたまま、ソファに腰を降ろしていた。

「ここで値切るってのは、よくありませんよ、戸川さん。この男を連れてくるのは、結構な手間で、危険も伴いました。こいつが人並みはずれた体力と根性の持主だと、戸川さんは俺に教えてくれませんでしたのでね。本来なら、危険手当の請求となるはずのことが、起きましたよ」

戸川の顔が、一瞬赤黒くなった。十九かそこらの小娘を、新卒採用の社員の給料より高い金で囲った男。そういう愉《たの》しみを、人生で追い求める人間もいるのだろう。

しばらく時が経《た》って、それがまだ愉しみであるかどうかは、別問題だ。

佐野を振り回したよりもっと強烈なやり方で、娘が戸川を振り回せばいい、と私はどこかで願っていた。その時、戸川が私に相談に来れば、それこそ一年は食っていられるほどの金を、毟《むし》り取ってやろう。

「五万だったな」

戸川が、内ポケットから財布を出し、札を五枚デスクに並べた。

「領収証は？」

「いらん」

「俺のことは、またなにかあったら思い出してください。経費はわずかなものですから、おまけにしておきますよ」

五万をポケットに捻《ね》じこみ、私は部屋を出ていこうとした。佐野も立ちあがる。

「佐野君、待ってくれ」

「俺は、この人と帰るよ。一応来たんだ。それで、この人の仕事は終りだろう？」

「金は、出す」

「いくら？」

「いくらで売る気か、そちらで言ってくれ」

「馬鹿にするな。この科白《せりふ》を言ってみたかったけど、ほんとに言えたな。俺はこの人にのされたんで、言うことを聞いて来た。あんたにゃのされちゃいねえんだよ、社長」

「あれは？」

「エアコンの、ダクトの中さ。大事な帳簿《ちょうぼ》を、馬鹿な女に扱わせるなよ。裏帳簿だってことぐらい、俺みてえな新米にもわかったぜ」

私は、部屋を出た。社員たちはみんな、私を一瞥《いちべつ》すると顔を伏《ふ》せた。ひとりだけ、佐野の方を睨《にら》んでいる女がいる。ちょっと気の強そうな、美人と言ってもいいような女だ。

佐野は、その女を無視していた。

階段を降りて、私と佐野は外へ出た。

晴れた日だった。晴れることは、夜明けの空の色でわかっていた。

「見たかよ、あんた」

「気の強そうな娘だった。虚栄心《きょえいしん》も強いタイプだな。それに、賢《かしこ》くない」

「まったくだ。俺がダクトに隠してやった帳簿も、あいつが見せてくれたんだ。こんなものまで、扱わされるほどの仲なんだってな。俺は、それならなきゃ困るだろう、と思っただけだった」

「隠すってとこが、小僧だな」

「まったくだよ。俺も、いまはそう思う。はずみでなにかやるなんて、やっぱりガキから成長してねえな」

私はポケットに手を入れ、札を数えた。十五枚を、佐野に差し出す。

「なんだよ？」

「報酬の半額さ。分け前ってとこかな。おまえを連れていくだけで、三十万になった」

「あんたのもんだろう」

「はずみだね。出しちまった。分け前だと思ってくれ」

「はずみね」

佐野が笑った。俺もまだ小僧だ、と私は思った。小僧であることが、いまはあまりいやな気分ではなかった。

「貰っちまうぜ。筋合いじゃねえとは思うがね」

「分け前だと思えば、悪いもんじゃない」

「そうだな。俺とあんたは、二人で組んで、戸川の野郎をひっかけた。そう思うことにする」

金を摑んで、佐野がにやりと笑った。札がなくなった手を、私は軽く振って歩きはじめた。

第七章　踵落とし

1

半端《はんぱ》な殴《なぐ》り合いではなかった。

工事現場の中で、通りから見える場所ではない。私は、気配《けはい》と肉を打つ音で気づいたのだった。二人とも、まだ若い。喧嘩《けんか》に馴《な》れているという気配がない分だけ、凄惨《せいさん》な感じもあった。

私は、トレーニングの途中だった。このところ、報酬《ほうしゅう》が百万を超す仕事が二つ続き、その間に細《こま》かい仕事もこなした。久しぶりに、預金口座の残高が両眼《りょうめ》を開いて見られるようになっていた。そういう時は、トレーニングにも励む。躰《からだ》が資本という実感が、暇《ひま》な時よりずっと強くなるのだ。

夜の十一時を回ったところで、工事現場には保守のためのライトが二つあるだけだった。交錯《こうさく》する光の中で、二人の影がもつれ合い、弾《はじ》け合っている。

私は、ビニールシートを背にして、二人の乱闘を眺《なが》めていた。二人とも熱い息を吐《は》き、血を飛ばしながら殴り合っているが、私の躰は冷えはじめていた。こういう殴り合いは、二人が動けなくなるまで続く。

どこかで止めた方がよさそうだ、と私は思った。憎悪と意地。むき出しになっているものはそれだ。下手《へた》をすると、殺し合いにもなりかねない。しかし、喧嘩を止めるのは、かなりの覚悟《かくご》が必要なのだ。止める人間に、二人の力がむかってくることもある。それに私はたまたま通りかかった人間に過ぎず、一文の報酬も貰《もら》っていないのだった。躰が資本と自分に言い聞かせている人間が、仕事以外で危険に身を晒《さら》すものではない。

ひとりが、仰《あお》むけに倒れた。もうひとりが蹴《け》りつけようとしたが、バランスを崩し前のめりになった。脚《あし》に飛びつき、絡《から》み合って離れる。離れた時、二人とも立っていた。

息を切らせている。二人の呼吸が、私のところまではっきりと聞えてきた。それでも、パンチの応酬《おうしゅう》があった。容赦《ようしゃ》なく打ち合っている。

大抵《たいてい》の喧嘩は、団子《だんご》になってもつれているうちに、結着がついてしまうものだ。それが過ぎると、もつれ合っても長く続かなくなる。離れ、殴り合うことになるのだ。お互いに人形を殴りつけているような感じになり、どちらかが体力を使い果して倒れる。

すでに、その段階に入っていた。ボクシングでいえば、ノーガードの打ち合いというやつだ。ただ、動きはひどくのろい。簡単にかわせそうなパンチを、お互いにまともに受けている。

どちらかが倒れた時、止めに入ればいいと私は思っていたが、いつまでも倒れる気配はなかった。顔を打ち合っているのは、それだけ憎悪も強いからだろう。

体力の限界というものが、たやすく克服されてしまう場合がある。人間の肉体とは不思議なもので、気持のありようがそれを克服させてしまうのだ。その気持は、時には信念に、時には意地や反抗心などにもとづいていたりする。

二人が体力の限界を超えているのかどうか、いくらか離れている私には見極められなかった。

ちょっと前へ出ようとした時、ひとりが躓《つまず》いて前のめりに倒れた。起きあがろうとするのを待たず、もうひとりが蹴りあげた。二、三回転した男の方が、立ちあがり、倒れかかるように相手にぶつかっていった。

拳《こぶし》ではないもので打つ音が、私のところまではっきり聞えてきた。起きあがる時になにかを持った、ということだけが私にはわかった。打たれた方は、崩れるように倒れ、動かなくなった。

私は、ダッシュしていた。男が握っているものが、かなり大きなブロックの塊《かたまり》であることが見えたからだ。倒れた男に、もう一度それで打ちかかろうとしている。

私は、ブロックを振りあげた男の腰に、体当たりをかました。男は数メートル吹っ飛んで、土の上に腹這《はらば》いになった。

「やめな」

起きあがってこようとする男に、私は言った。

「そいつでぶん殴ると、死ぬぞ」

男は、自分の手が握っているものに眼を落とした。束《つか》の間《ま》それを見つめ、穢《けが》らわしいものでも捨てるように指を開き、腰を落とした。ぼんやりと、倒れた相手を眺めている。

倒れた男の顔からは、血が流れ出していた。ドロリとした、貼《は》りつくような感じの血で、片方の耳にまで達している。私は、しゃがみこんで半分開いた男の眼を覗《のぞ》きこんだ。脳震盪《のうしんとう》というやつだろう。胸板を大きく上下させている男の表情は、ぼんやりしたものだった。

「動くなよ。じっとしてろ」

男の耳もとで、私は言った。もうひとりは、腰を抜かしたように座りこんだまま、動こうとしない。

男の額の傷を調べたが、出血はもう止まりかけていた。派手に出血する場所なので、大抵はそれだけで驚いてしまうが、男は自分が出血していることさえ気づいていないようだった。

「俺《おれ》、迎えに行かなくちゃ」

男が、はっきりと眼を開いて言った。

「六時までに、駅に行かなきゃ」

夕方の六時だとすると、とっくに過ぎていた。時間が飛んだのだろう、と私は思った。脳震盪を起こしてわけのわからないことを言う時は、数時間が空白になったと考えて間違いない。それは、しばらくすると回復するものだ。

「六時まで、時間はたっぷりある。心配するなよ」

「暗くなってる、もう」

「天気が悪いだけだ。とにかく、眼をつぶってじっとしてろ」

男は大人しく眼を閉じた。私のことを、なんだと思ったのかはわからない。もうひとりの男は、相変らずぼんやりしていた。相手を殺しかけた、と思っているのかもしれない。なんと思おうと、大人しくしていてくれることは、私には好都合《こうつごう》だった。

脱《ぬ》ぎ捨てられた革《かわ》ジャンパーを探《さぐ》り、ハンカチを出して男の顔の血を拭《ぬぐ》った。傷は生《は》え際《ぎわ》のところで、顔の血を拭《ぬぐ》うとそれほど大怪我《おおけが》とも見えなくなってきた。二センチほどの裂傷《れっしょう》である。

「イシダ」

男が呟《つぶや》く。人の名でも言ったのだろうか。

「石を、使いやがった。石で、俺を殴りやがった」

「なんだ、いくらか回復してきたか。確かに、石で頭をぶん殴られた」

「川井《かわい》の野郎、ちくしょう」

「まだ動くな。おまえの頭の中の地震は、収まっちゃいないからな」

わかったと言うように、男が眼を閉じた。私は、もうひとりの男の方を見た。こいつが川井というのだろう。荒い呼吸はすでに鎮《しず》まり、汗と血で汚れた顔が、ライトに照らし出されている。

「素手《すで》の殴り合いという約束か」

私が言っても、川井の表情は動かなかった。

「夢中でブロックを摑《つか》んだ。そんなふうに見えた。あれぐらいの殴り合いなら、なにか武器を使っていてもおかしくなかったよ」

「川井」

男が眼を開き、起きあがろうとした。私は、男の肩を押さえつけた。

「川井がそこにいるのかよ?」

「ああ、いる」

「じゃ、まだ終ってない。やってやる」

「それは勝手だがね。おまえがやられるよ。立つと地面が揺れてるように感じる。多分、そんなふうになるはずだ。気持だけはしっかりしてきたんだろうが、脳の中までそうなっちゃいない。ぶん殴られたのを、しっかり憶《おぼ》えてるさ」

「俺は、死ぬまでやる気だった」

「川井もさ」

「石を、使いやがったんだ」

「はずみたいなもんだ。倒れたところに石があった。それで摑んじまった」

「あんたに、なにがわかるんだよ」

「俺が、川井を止めた。おまえは、ほんとに頭を叩《たた》き割られそうだったんだ。止めた時、川井ははじめて石を摑んで殴ったことに気づいたんだよ」

「あんたに、聞きたくはないね」

「じゃ、川井と話をしろよ」

「話をしに来たんじゃない。殴り合いに来たんだ」

「それもいいさ。ただ、おまえが負けるだけだ。自分の状態がどうだか、少しずつわかってきただろう」

男が眼を閉じた。

通りを車が走る音だけで、周囲は静かだった。私はトレーニングウェアのポケットに手を突っこんで、煙草《たばこ》を探った。あるわけはなかった。トレーニング中に、煙草は喫《す》わない。

しばらくして、男が上体を起こした。

私は黙って見ていた。無茶《むちゃ》をやる気がないのは、慎重《しんちよう》な動きを見ればわかった。男は両手をついてゆっくりと腰をあげ、立った。立った自分を確かめるように、しばらくじっとしていた。それから、通りにむかって歩きはじめた。男の姿が青いビニールシートのむこうに消えるまで、私はただ眺めていた。

躰が冷えきっている。

私は立ちあがって、軽い屈伸《くつしん》運動をした。

川井が私を見つめている。私は、軽く手をあげて、走りはじめようとした。

「待てよ」

川井が立ちあがる。

「村木《むらき》の代りに、あんたが相手しろよ」

喧嘩を止めたとばっちりというやつが、すぐに回ってきた。川井は立ちあがっただけでなく、すでに構えている。呼吸こそ鎮まっているが、体力を使い果した男だった。

「いい加減にしろ、馬鹿野郎」

「あんたが止めなきゃ、結着はついてた」

「俺が止めてやったのさ。おまえのために止めたようなもんだ」

「俺が、負けたって言うのか？」

「勝ったのか？」

川井が顎《あご》を引いた。なにかスポーツはやっていたのだろう。大抵のスポーツは、まず顎を引くのが基本だ。

「なぜ、村木が帰るのを待って、俺を殴ろうとするんだ。それとも、殴られたいわけか？」

川井が、二、三歩踏み出してきた。それで充分に間合いに入ったが、すぐには手を出してはこなかった。私は、ちょっとだけ顔を突き出した。大振りのパンチが、ゆっくりと飛んできた。頭を下げるだけで、かわせた。軽くボディに打ちこむと、川井はうずくまった。体力を使い果していれば、こんなものだ。

川井が立ちあがり、滅茶苦茶《めちゃくちゃ》に両手を振りはじめる。その合間を縫《ぬ》うようにして、左を軽く顎に当てた。膝《ひざ》を折りかかった川井は、なんとか立ち直り、またパンチを出してきた。荒い息を吐いている。

濡《ぬ》れた川井の顔を見ながら、私はのろいパンチをかわした。汗ではなく涙で川井の頬《ほお》は濡れ、鼻血の汚れも少し洗い流しているのだった。

どう扱えばいいのか、私は戸惑《とまど》っていた。蹴り倒して、そのまま逃げてしまうのが一番いい方法だったが、なぜかそうしようという気は起きなかった。

ボディに、一発打ちこんだ。効《き》かないわけはないパンチだった。川井は膝を折り、うつぶせで土を摑み、しばらくして咳《せ》きこんだ。ようやく息が吸えたのだろう。

川井が、立ちあがろうとする。私は、容赦なく腹を蹴りあげた。

仰むけに倒れた川井が、首だけ弱々しく動かした。いくらか残酷《ざんこく》な気分になっている自分に、私は気づいた。若さに嫉妬《しっと》するには、私もまだ若すぎる。自分に、そう言い聞かせた。

起きあがろうとした川井の肩を、私は押さえつけた。

「もういいだろう」

川井は、まだ涙を流し続けている。

「石で殴ったのは、はずみだった。見ていて、俺にはそれがはっきりとわかった」

「俺は」

「素手で互角にやり合っていた。村木の方が、はずみで石を摑むことになったかもしれん」

「石を使ったのは、俺だよ」

川井は、もう起きあがろうとしなかった。暗い空にむけた眼から、涙が流れ続けているだけだ。また、躰が冷えはじめてきたような気がした。

「説教できる柄《がら》じゃないんだが」

川井は、なにも言わない。煙草が喫いたかったが、無意味にポケットを探りそうになる手は、なんとか抑えこんだ。

「やっちまったことは、やっちまったことさ。素手っていう約束だったんだろうが、石を使った。やっちまったんだ、卑怯《ひきょう》なことをな。そういう自分を忘れなきゃいい」

川井は、まだ空を見続けていた。

「人間には本能ってやつがあって、身を護《まも》るために手が動いちまうこともある。おまえの手に変りはないが、いま後悔しているのと同じ心が動かした手じゃない。本能ってやつが動かした手さ」

やはり、説教は柄ではなかった。自分でも、なにを言っているのかわからなくなってくる。左手が、あるはずのないポケットの煙草を探っていた。

「悪かったですよ、あんたに殴りかかったりして」

「いいさ、それは。俺は三発か四発、おまえに食らわしたし」

川井は冷静になってきたようだった。私は、川井のそばに腰を降ろした。

「学校の先生かなにかですか？」

私は苦笑した。やくざに間違えられたことはあっても、教師と間違えられたことはない。喧嘩を止めたりするのは、説教以上に私の柄に合っていないに違いなかった。

「素手で結着をつけるっていう約束だったんですよ。村木は、それを守った」

「そうだな」

「恥《はずか》しいですよ、俺は」

「おまえの問題で、俺には関係ないな」

「わかってます」

川井が上体を起こした。胃がむかついているのだろう。二度ほど吐こうとしたが、なにも出てこなかった。

「俺は行くぜ、川井」

「大丈夫です。ひとりで帰れます。村木だって、ひとりで帰ったんだから」

「忘れなきゃいいさ」

私は立ちあがった。屈伸運動をし走りはじめたが、ビニールシートのところまで行っても、川井が立ちあがる気配はなかった。

2

声をかけられた。

とっさに名前を思い出せず、私は片手だけをあげた。顔が腫《は》れあがり、片眼は皺《しわ》のようになっている。

「俺を待伏《まちぶ》せか、おい」

私は、軽くステップを踏みながら言った。すでに、全身は汗にまみれている。

「おとといだったな。まだひでえ顔だ」

「見かけたんで、つい声をかけてしまいました。トレーニングの邪魔をして、申し訳ありません。別に用事ってわけじゃなく、この間のお礼も言ってなくて」

川井という名を、私はようやく思い出した。喧嘩の相手は、村木といった。

「躰、大丈夫そうだな」

「きのう一日、寝てました。まだちょっとおかしな気分です。俺でもそうなんだから、村木はどうなんだろうと思って」

石で殴ってしまったことを、まだ気にしているのだろう。

「おまえ、この近所に住んでるのか？」

「俺は、初台《はつだい》です。村木が」

「部屋を訪ねてみたのか？」

「いえ。ここを通るのを見ようと思ってるんですが、夕方から通らなくて」

夜の十時四十分だった。夕方から、ずっとここに立っていたということか。おとといの工事現場からは、一キロほど離れている。

「村木の部屋は？」

ステップを踏み続けながら、私は言った。川井がちょっと横をむく。その視線を追うと、古いモルタルの二階建が見えた。外部に階段がつけてあり、二階はアパートになっているらしいが、一階は多分大家の家だ。

「何番目の、窓だ？」

「右端です」

窓は四つあり、それはそのまま部屋が四つあることを示しているようだった。

「おまえ、金は持っているか？」

「はっ？」

「俺は探偵でね。金を貰わないかぎり、人のためには動かない。おとといの喧嘩の仲裁《ちゆうさい》は、成行だったがね。村木がどうしてるか、俺が見てきてやってもいいが」

「金ったって、俺、二万とちょっとしか持ってませんよ」

「一万でいい。おまえが、なにをしたいのか言ってみろ」

「まず、村木の躰の状態がどうかってことを知りたいです。それから、助けを必要としていないかどうか。助けが必要なら、どうすればいいか」

「喧嘩の相手だろう？」

「借りですよ。石で殴ってしまった借りを、返さなくちゃならない」

「そんなことなら、自分で行け」

「村木は、俺に会いませんよ。会ったとしても、また殴り合いになります」

「行って、殴られてくりゃいい。それで、おまえの借りは帳消《ちょうけ》しだろう」

「もう、勝負はついたんです。殴られるだけで、借りは返せない。ただ、自由に動ける躰かどうかだけ、まずここで確かめようと思って」

「わかった」

私はステップをやめた。自分が、なぜここで立ち止まっているか、考えかけたがやめた。立ち止まりたいと思ったから、立ち止まっただけだ。

「一万円」

「やってくれるんですか。探偵みたいな人が、ほんとにいるんだ。俺、ちょっとびっくりしました」

川井が、ポケットに手を突っこんでいた。四つに折った一万円札を差し出してくる。

「どんな助けが必要か、だな。すぐに訊《き》き出せるかどうかわからん。明日、電話をくれてもいいぜ」

「待ってます、ここで」

一万円を持ち逃げされることを恐れている、とは思えなかった。ほんとうに、村木が気になって仕方がないという様子だ。

私は頷《うなず》き、アパートの方へ歩いていった。

ドアだけがあり、表札もなにも出ていなかった。中に明りはついている。私は、軽く二、三度ノックした。

「誰《だれ》？」

「村木さん、届け物です」

男の声だ。

しばらく、間があった。人の動く気配が、ようやく伝わってきた。

「そこに、置いといてくれないかな」

「ハンコかサインがいるんですがね」

「届け物って、なんですか？」

すぐにドアを開けないのが、腫れた顔を見られるのをいやがっているためではなく、なにか警戒しているように私には感じられた。

「こっちも忙《いそが》しいんですがね」

私は、根気よく言い続けた。ドアのすぐむこうに、立っている気配がある。しかし、ノブはなかなか動かなかった。

「俺だって、仕事なんですがね。受け取ってくれるだけでいいんですよ」

仕事であることは、間違いなかった。百万単位の仕事が続いたあとでは、一万円の仕事も悪くなかった。

私が苛立《いらだ》ったようにノックすると、ようやく錠《じよう》を解く気配があり、ノブが回った。

「よう、村木」

私は言い、片足をドアの隙間《すきま》に突っこんだ。

「なんだよ、あんた？」

「忘れるなよ、俺を」

私が強引にドアを開けると、村木はそれほどの抵抗もせず、数歩退《さ》がって頭を下げた。

ひどく礼儀正しい男なのかもしれない、と私は一瞬思った。

「待ってください。電話で言った通り、俺は躰がよくないし」

村木は、鉢巻《はちまき》のように繃帯《ほうたい》を巻いていた。その頭が、何度も下げられている。

「金を作る当てがないわけじゃないんです。すぐには無理だってだけのことです。勝本《かつもと》さんと殴り合いをするなんて、とんでもないことだし」

「入れて貰うよ」

私は部屋へ入り、スニーカーを脱いだ。ひと部屋だけで、私がノックするまで寝ていた気配だった。

「俺を忘れたか。まあ、無理もないかな。あの状態じゃ、大抵のことは忘れてる」

「勝本さんとこの方じゃ」

「おととい、おまえと会った。一キロほど先の工事現場さ」

「おととい」

村木はひどく体調が悪そうだった。額を石で割られたからだけでなく、殴り合いそのものも川井の方が優勢だったのかもしれない。

「派手な殴り合いの仲裁に入った、もの好きさ」

「あの時の」

「かなり、ひどそうだな」

「だけど、なぜ？」

「まあ、縁があるんだろうよ。体調がよくないらしいが、血の小便は出たか？」

「いえ」

「いきなり吐きたくなったりとか？」

「そんなんじゃなく、元気がないんです。それだけですから」

私は、村木の全身を眺め回した。スエットの上下で、顔はやはり腫れあがり、両手にも繃帯を巻いているが、骨折とかそういう怪我はなさそうだった。

「勝本ってのは？」

「関係ないよ、あんたに。それに、どうやってここがわかったんだい？」

「ここに住んでる、とおまえが自分で言ったんじゃないか。脳震盪ってのは、やっぱり頭をおかしくするな」

「なんで、俺が言わなくちゃならないんだ？」

「俺がそんなことまで知るかよ。おまえが勝手に喋《しゃべ》ったんだから。困ったことがあるんで、助けてくれとも言ってた。その前にゃ、六時に駅に迎えに行かなくちゃならないと言い続けてた。六時はとっくに過ぎてると、わからせるのに苦労したよ」

「忘れたね」

「なにを？」

「全部。殴り合いを止められたらしいってことはわかったけど、それ以外は全部忘れた」

「俺に頼んだこともか」

「俺は、あんたとそんなに話をしたのか？」

「何者だか訊かれたので、正直に答えた。そしたら、トラブルを抱えていて、助けて欲しいというようなことを言ったのさ」

「なにやってんだい、あんた？」

「私立探偵」

「そいつはいいや」

村木が声をあげて笑いはじめた。職業について馬鹿にしたような笑い方をしたので、私は自分がついた嘘《うそ》の後ろめたさがいくらか小さくなるのを感じた。

「トラブルの処理なら、なんでも任せてくれと言ったら、今夜会いたいと言ったんだよ。確かに約束させられた」

「憶えてないよ」

「それじゃ、俺も困るんだがね。最大のトラブルを片付けるのを手伝おうじゃないか」

「理由がない」

「おまえが頼んだことだぜ」

「因縁《いんねん》つけてんのかい、あんた」

「約束させられたことを、忠実に守ってる。喧嘩を止めた挙句《あげく》、そんな扱いを受けるのかね。職業を鼻で嗤《わら》われて、俺はなんのためにここへ来たのかな」

村木が、ちょっと慌《あわ》てた表情をした。

「なにも、鼻で嗤ったわけじゃない」

「嗤われた、と俺は思ったね。まあいいさ。俺にも意地ってやつがある。一万円で、なにか仕事をやらせてみないか？」

「一万円？　十万円と言った方が、まだリアリティがあるな。一万円で、なにをしようってんだい」

「探偵としてできることをさ。これは、俺とおまえの間の意地の張り合いだ。俺は探偵という職業をおまえに認めさせればそれでいいが、ただというわけにはいかん。それで、小僧《こぞう》でも払える額を言ってる」

「十万でも、二十万でも、俺は払えるさ」

「さっき、金が作れないとか弱音《よわね》を吐きながら、ペコペコ頭を下げてたじゃないか。それで一万と言ってやってるんだよ、坊や」

村木が唇《くちびる》を嚙《か》んだ。

「俺は、仕事のつもりで一応ここへ来たんだが、おまえの部屋を見た瞬間から、仕事にならないことぐらいわかったさ。一件百万以下の仕事は、原則として受けてないんでね。しかし、男ってやつは意地を張る。それはおまえにもわかっただろう。一万円で、仕事をしてやろうと言ってる。人を殺すとか、犯罪に関係ないことなら、やってやるよ」

百万円以下の仕事は受けない、などという科白《せりふ》を一度吐いてみたかった。現実に払えはしない相手に言ったところで、大して意味はないが、それでもどこかに快感はあった。

村木は、じっと私を見つめている。

「本気かよ、あんた？」

「困ってることを、ひとつ解決してやろうと言ってるんだ。おまえにとって、悪い話であるわけがないよな」

「あんたは、それでなんの得をする」

「なにも。厄介《やっかい》な自尊心ってやつが、いくらか満たされるだけさ」

「ほんとにうまくいってしまったら？」

「成功報酬のことを言ってるのか。そんなものを欲しくて、俺が言ってると思ってるのか。

成功報酬という習慣がないわけじゃないが、自尊心を満足させることが、今回はそれに当たる」

村木が、敷きっ放しの蒲団《ふとん》の上に座りこんだ。煙草をくわえている。一本寄越せと言いそうになったが、トレーニングの途中でもあることを思い出した。ここで喫えば、これからのトレーニングでは、煙草をポケットに突っこんでおくことにもなりそうだった。

「早くしろ、おい」

「待てよ。考えさせろ」

「俺は、泣いてるガキを助ける、足長おじさんみたいなもんだぜ。現実にそんなのがいるのが信じられないというのはわかるが、意地を賭《か》けてるんだ」

「あんた、そうやっていつも意地を賭けてんのかい？」

「たまたまさ。久しぶりに、いい殴り合いを見た。おまえがその片方で、そいつに対してなら意地を張ってもいいって気になった」

「ふうん」

村木が、煙《けむり》を吐きながら私を見つめた。

3

川井は、うつむいて私の話を聞いていた。

渋谷の喫茶店である。腫れあがり、痣《あざ》で色が変った川井の顔は、どこにいても目立った。視線を合わせようとしない人間の方が、多いようだ。

私は一度部屋へ戻り、革ジャンパーに着替えていた。勿論《もちろん》、煙草も持っている。

「勝本という男と、金のことで揉《も》めているってわけですね」

「村木の一方的な話だから、ほんとうかどうかはわからん。麻雀の借りが十二万。それに利子がついて四十万。法外な話だと思うが、もともと博奕《ばくち》の借金ってのは、正式なもんじゃない。十二万の負けってのが、特に大きいわけでもないだろう」

「俺たちにすりゃ、でかいです」

「まあ、警察に駈《か》けこむこともできん金だ。貸した方も借りた方も罰せられることになるし。その点、勝本にも弱いところはあるわけさ。麻雀の負けを払わんということは、仁義に反することだ、という一点から村木を責めあげてる。十二万に二十八万もの利子をつけるのが、仁義にかなっているかどうかは、別問題らしい」

「いつの、借金なんですか？」

「半年ほど前だな」

「二倍以上の利子なんて」

「村木も村木だ。少しずつでも払っておけば、おかしな計算をされたりはしなかっただろうにな。俺が見るところ、半年も知らぬ顔を決めこんでいた村木に、勝本が切れちまったってとこだと思う」

「それで、二十八万の利子は、殴り合いでチャラにしてやる、と勝本は言っているんですね」

「もともと、勝本にゃ利子を取る気はなくて、村木をぶん殴りたいだけかもしれんな。おまえ、勝本って名は聞いたことはないのか？」

「博奕は、やりませんから」

「どういうやつかは、俺の方で調べるが、村木は殴り合いをして勝つ自信はないらしい」

「そうですか」

「これが、村木がいま直面している、最大の問題だ」

村木が、私にこれを喋る気になったのは、六時に駅へ迎えに行かなければならないと何度も言った、と私が教えたからのようだった。つまり思い当たることがあり、私が喋ったほかのことも、もしかすると本当かもしれないと考えはじめたらしいのだ。一万で、二十八万を払わなくて済むようになれば、という計算も当然あっただろう。

「どうするね？」

私はショートピースに火をつけて言った。

「おまえが村木の代理で殴り合いをすることを、勝本が認めるかどうかもわからん」

「勝たなけりゃ、駄目《だめ》なんですか？」

「多分な。利子も払うという、村木の念書を賭けるわけだし」

「やります」

私は、煙を吐きながら頷いた。面白《おもしろ》くなってきた。今度の仕事は面白いかどうかに関心があるだけで、私は野次馬《やじうま》に近い立場にいる。

「すぐには、無理だな。躰が回復するまで、一週間ってとこだろう」

それだけあれば、勝本がどういう人間かも調べられるだろう。川井の特訓もできるかもしれない。気分としては、新人をデビューさせる、ボクシングのトレーナーのようなものだ。

「俺に、任せられるか？」

「一万円で、そんなことまで頼んでもいいんですか？」

「ボランティアみたいな仕事をやる。するといい仕事も舞いこんでくる。まあ、そんなふうに考えてるわけさ」

「俺なんかが、浅生《あそう》さんにいい仕事を頼むなんてこと、できるわけがない。紹介することだってできませんよ」

「回ってくるのは、おまえなんかとは関係ないところからさ。ただし、成功しないことにはな。仕事を失敗する探偵のところに、仕事を持ちこんでくるやつはいない」

頷き、川井はコーヒーを口に運んだ。

しばらく、川井とトレーニングの話などをした。川井は学生のころはサッカーをやっていて、体力には自信があるらしい。村木も、同じ大学のクラブにいたという話だった。

「とにかく、走ってろ。俺が電話をするまで、一日十キロ走るんだ」

川井はビルのメンテナンス会社にいて、現場に出ているようだ。顔が腫れていても、それほど影響はない仕事だった。村木もアルバイトで食っていて、金はないが時間は自由になるという状態らしい。この二人が、私の依頼人だった。そして二人の依頼人がなぜ殴り合いをしたかなど、私は知りはしないのだった。

「とにかく、走ってろ。ウェイトトレーニングより、そっちの方がずっといい」

「わかりました」

川井も村木も、二十三だった。私より、十歳は若いということになる。十年前、私はいくらか名の知れた会社に入り、組織というものも信じていた。人生もその組織の中にあるのだと思っていたが、十年経《た》つと、組織とはまるで縁のない一匹狼《おおかみ》の私立探偵だった。

川井と別れると、私は歩いて部屋まで戻った。

令子《れいこ》が来ていた。

いつものことだが、まるで自分のベッドのように、私のベッドに潜《もぐ》りこんで寝ていた。

街に詩を書いているというのは、令子が私の仕事を見て言ったことだ。詩を書いていて、金になるわけもなかった。

「トレーニングじゃないわね、その恰好《かっこう》」

「仕事さ。起こしちまったかな」

「待ってたの。抱かれたくなったから。やさしい声をしてる。あまりお金にならない仕事をしてるのね」

私は苦笑した。1DKの私の部屋では、どうしてももの音で起こしてしまう。二人で暮すには狭過ぎるのだ。

「荒っぽい仕事だぜ。ボクシングの試合の、セコンドをやるようなもんだよ」

「でも、お金にはならない」

「わかるのか」

私は服を脱ぎ捨て、シャワーを使った。トレーニングのあとのシャワーを、省略していたのだ。バスルームから出ると、新しい下着が用意してあった。

私は腰にバスタオルを巻いた恰好で、冷蔵庫からビールを出した。切れかかるといつも令子が足している。ビールにかぎらず、冷蔵庫の中身のすべてがそうだった。この三年近く、そういう関係が続いていた。それでも、結婚という言葉を、令子が口に出したことはない。

「見れば見るほど、惚《ほ》れ惚《ぼ》れとする躰をしているわね」

「ジムに行ってみろよ。もっときれいな筋肉をしたやつがいる」

「きれいなだけで、悲しみもなにもない躰ね。お人形よ、まるで」

「おまえの方が、詩人らしいことを言う」

プルトップを引く。かすかな音が、部屋の中で意味ありげに響く。

「どんな仕事？」

「自分の若いころを、ふり返るような仕事かな。俺は、あまり馬鹿げたことをやらなかった。無目的という言葉とも、無縁だった」

「もう、若くはないと思っているわけ？」

「やつらを見てるとな」

令子が頷いた。やつらが、どういうやつらか説明しなくても、わかってしまうのか、それとも勝手に想像してしまうのか、とにかく余計な言葉は必要ない女だった。

「躰に、いっぱい傷がある。あたしと付き合いはじめてからも、ずいぶんと増えたわ。心には、多分もっとたくさんね。それが、若くはないっていうこと？」

「傷を傷と思わないやつもいる」

私は、ビールを呷《あお》った。自分のことを言ったつもりだったが、令子はそう受け取りはしなかったようだ。

令子がちょっと躰を起こし、毛布の端から淡い色の乳首が覗いた。ここ数年私と半同棲《はんどうせい》を続けているが、私は彼女に愛されていると感じたことはない。彼女が、私という存在を必要としているということはわかり、それは彼女だけの問題なのだった。

　自分が彼女を愛しているかどうかも、私は考えたことがなかった。男と女のことで、深く考えるのを、私はいつかやめてしまっていた。ある日彼女がこの部屋に来なくなれば、それはそれで別の生活があるのだろう、と思うだけだ。

「馬鹿馬鹿しいほどの若さっていうのが、羨《うらや》ましいんじゃない？」

「そう俺を分析しないでくれよ」

　言うと、彼女が笑った。最初に逢《あ》った時から、笑顔の淋《さび》しい女だった。それは、いまも変らない。自分が、女をそれほど変えられる男だとも、私は考えていなかった。

「あたしにも、ビールを頂戴《ちょうだい》」

　私は冷蔵庫へ行き、もう一本ビールを出して、プルトップを引いた。かすかな音に、もう意味ありげな響きはなかった。

「もう遠いわね」

「なにが？」

「自分が、若かったと思える日々が」

「そうだな」

　三十代の前半の男と、二十代の後半の女が交わすには、いささか滑稽《こっけい》な会話だ、と私はなんとなく考えた。

私が差し出したビールを、令子はベッドから手をのばして受け取った。露《あらわ》になった乳房《ちぶさ》より、処理していない脇毛《わきげ》に私は眼をやった。

4

勝本は、二人連れてきた。

ひとりはいかにも荒っぽそうで、はじめから敵意を剝《む》き出しにしている。そう見えるだけで、大した相手ではなかった。手強《てごわ》いのは、もうひとりの小柄な方だろう。眼が動かない。躰もやわらかそうで、猫《ねこ》のような身のこなしだ。

「ひとりという約束だぞ、勝本」

「そっちだって、あんたがいるじゃねえか」

「まあ、手を出さなきゃ、それでいいさ」

「あんたもだ」

「俺は立会い人みたいなもんでね」

川井は、まだ来ていなかった。約束の時間まで、あと十分はある。

「利子はいらない、という念書は持ってきてくれたろうな？」

「ああ、ここにある。村木の代理とかいうやつを、利子分ぶん殴ってやるさ」

勝本は、勝本量水器という会社の専務だった。水道工事などをやる会社で、作業員を二十人ほど抱えていた。親父《おやじ》が社長で、やがて二代目の社長になるのだろうが、まだ二十八歳だった。

仕事も遊びもよくやるというタイプで、私が調べたかぎりでも、女の噂《うわさ》はつきまとっていた。博奕も好きらしいが、過去に大きなトラブルを起こしたということはない。自動車レースに凝《こ》っていて、ナンバーを付けられない改造車で、サーキットの走行会などによく出ている。やくざ二人を相手に、大立回りを演じたという武勇伝も持っていた。

そういう武勇伝が嘘ではない、と思わせるだけの体格もしている。高校時代まで相撲《すもう》部にいて、大学では遊び暮していたらしい。体重は百二十キロというところだろう。

「念書は、俺に預けておいてくれるか、勝本。殴り合いさえすれば、おまえはいいんだろうから」

「なぜ、俺が村木をぶん殴りたがっていたかわかるか、あんた」

便箋《びんせん》を直《じか》に出して私に差し出しながら、勝本が言った。

「いずれ、女かなにかだな。それほど金に不自由はしてなさそうだし」

「博奕の負けを払わねえやつは、気に食わねえ。他人の女に手を出そうとするやつは、もっと気に食わねえ」

「おまえの女だとわかったら、村木は慌てて手をひっこめたんだろう」

「まあね。おれはいまになって、あんたに騙《だま》されたような気分だよ。うまく丸めこまれた。

俺がぶん殴りてえのは、村木なんだ。なんとかいう、代理のやつじゃねえ」

「川井をぶん殴ったあと、村木もぶん殴っても構わんよ。利子はいらないと言ってるんだし、負けの金を取り立てるためだけなら、好きにぶん殴れ。ただし、川井に勝ったらだ」

「やくざなんて、呼んだんじゃねえだろうな」

やくざを気にするところに、勝本の弱気がかすかに見えた。

「おまえが負けても、十二万を取りっぱぐれるということはない。プロレスラーみたいなのが来たって、悪い話じゃない、と俺は思うがね。負けた、とひと言いえばいいんだ」

「負けるかよ、俺が」

勝本を引っ張り出すのに、私は多少汚ない手を使った。暗に、警察に訴えようかという威《おど》しをかけたのだ。それで、利子代りに、村木の代理との殴り合いを承知させた。

客観的に見れば馬鹿げた話だが、頭に血を昇らせている勝本には、馬鹿げたこととは思えなかったようだ。

勝本と村木は、仕事で知り合っていた。一応工学部を出ている村木は、アルバイトとしても使う価値があったのだろう。一時は、かなり親密《しんみつ》になり、自分の会社の社員にすることも勝本は考えたらしい。

三カ月ほど前に、村木はアルバイトをやめさせられている。博奕の借りは、まだ勝本にかわいがられていたころのことだ。

大柄な男の方が、時計を見た。

もう来てもいいころだと思った時、土手《どて》に人影が現われた。多摩川《たまがわ》の河川敷《かせんしき》で、夜になると人の姿は絶える。

川井はそばへ来ると、私に軽く頭を下げた。

「代理ってのは、こいつか、おい」

拍子《ひょうし》抜けしたように、勝本が言った。

「こいつは、村木に借りがある。それを返そうとしてるだけさ」

「ふうん、もの好きだな。二、三発でのびちまいそうなやつじゃねえか」

「御託《ごたく》は並べず、早いとこぶん殴ってみろ、勝本」

私が言うと、勝本が二、三歩前に出た。

いきなり、川井が突っこんでいく。吹っ飛ばされた。まるで子供扱いだ。しかし吹っ飛ばされる直前に、川井は勝本の膝を蹴っていた。立ちあがった川井が、また突っこんでいく。しかしまともにはぶつからず、直前でサイドステップを踏み、横から勝本の脇腹《わきばら》に一発ぶちこんだ。

勝本が、雄叫《おたけ》びをあげる。形相《ぎょうそう》が変り、自分から突っこんでいく。川井は、軽いステップで、二度、三度と勝本の突進をかわした。勝本の動きが止まると、横に回って蹴ったり拳を打ちこんだりする。牛にたかる蠅《はえ》のようなものだ。

勝本が、荒い息を吐きはじめた。

突っこんだ川井が、サイドステップを踏まず、まともにぶつかった。頭を、勝本の顔に叩きつけ、勝本が膝を折った。チャンスと見たのだろう。川井が、畳《たた》みかけるようなパンチを出す。のけ反《ぞ》りながら、勝本は川井の躰を摑んだ。そのまま手繰《たぐ》り寄せられ、押さえつけられた。体重が乗ったパンチを、二、三発食らった。抱きつくようにして、川井は勝本に躰を密着させた。それでパンチは食らわないが、体重の圧力はもろに受けているようだ。川井の躰を持ちあげた勝本が、そのまま倒れこむ。川井の呻《うめ》きが、途中で消えた。瞬間、呼吸が止まったのだろう。

髪を摑んで引き起こされた川井が、二発、三発と殴りつけられる。気絶した川井を担《かつ》いで帰ることになりそうだ、と私は思った。

川井の足が、勝本の股間《こかん》を蹴りあげた。勝本がうずくまる。川井は転がって勝本の躰の下から脱出したが、すぐには立ちあがれないようだった。

勝本の方が、先に上体を起こした。倒れたままの川井を蹴りあげる。川井の口から、吐《と》瀉物《しゃぶつ》が噴《ふ》き出した。それが一瞬勝本をたじろがせ、その間に川井は立っていた。

勝本が突進する。川井がかわす。二人の息遣《いきづか》いは激しく入り混じり、汗まで飛んでくるような気がした。

同じような展開が、くり返された。打っては逃げる川井を、勝本は二度ほど摑まえ、そのたびに骨まで響きそうなパンチを食らわせていたが、一発か二発で、川井はなんとか躰を離した。

川井のダメージは、かなりのものだった。サイドステップを踏みはするが、そのあとパンチを出すことはできず、よろけたりしていた。勝本も、肩で息をしている。

川井のパンチが、ようやく勝本の横っ面《つら》に決まった。鼻血を噴き出した勝本が、逆上して叫び声をあげた。しかし、川井を摑まえられない。突進して、何度か膝をついた。

「この野郎」

転がって勝本の突進をかわした川井に、大柄な方の男が組みつこうとした。私はとっさに足を振りあげ、体重を乗せて降ろした。回し蹴りを途中で止め、頭上に振り降ろすという技で、実際にやるのははじめてだったが、踵《かかと》がきれいに男の後頭部に入った。男は這《は》いつくばり、下肢《かし》を痙攣《けいれん》させた。

「やめとけよ」

動こうとした小柄な男に、私は言った。

「こいつほど簡単に、おまえをのせそうもない。急所の打ち合いをやる覚悟がないんなら、動くのはやめとけ。俺も、二人の結着がつくまで、手は出さんよ」

二人のぶつかり合いをそっちのけで、私はしばらく男と睨《にら》み合った。男が、息を吐いた。見ているしかない、と思ったようだ。

私は、煙草に火をつけた。

二人は、ぶつかっては離れることをくり返している。動きは緩慢《かんまん》になっていた。川井が摑まえられ、二、三発食らった。駄目だろうと思えるような膝の折り方を、川井はした。白眼を剝いているに違いない、と私は思った。勝本がのしかかろうとする。川井の手がのびて、勝本の髪を摑んだ。そのまま川井は持ちあげられたが、啄木鳥《きつつき》のように激しく頭を動かした。骨と骨がぶつかる、鈍《にぶ》い音がした。勝本が、膝を折る。勝本の頭を抱えこむようにし、川井は膝を突きあげた。

勝本が、仰むけに倒れた。川井も尻餅《しりもち》をつき、激しく肩を上下させている。

勝本が立ちあがった。川井も立つ。二人とも動かず、睨み合いがしばらく続いた。

「もう、いい」

喘《あえ》ぎながら、勝本が言った。

「利子は、チャラにしてやる」

勝本は負けたと言っているのだが、川井にはそれがわからないようだった。低い唸《うな》り声をあげ続けている。

「わかんねえのか。もうやめだ」

勝本の声の中に、かすかに怯《おび》えの響きが入り混じった。川井が突っこむ。小柄な男の躰が、素速く動いた。私は、止めなかった。男の肘《ひじ》が、川井の首筋に決まった。呆気《あっけ》なく、川井は這いつくばり、動かなくなった。

「終りだ」

私は言った。勝本も膝をつきかけ、男に支えられている。

「恨《うら》みっこなしの殴り合いだ。いいな」

勝本が、かすかに頷いたように見えた。もうひとりの男も起こし、三人は土手の方へ歩いていった。

私は、しばらく川井のそばに腰を降ろしていた。川井が呻き声をあげ、立ちあがろうとする。

「もう、勝本はいないぜ」

川井は仰むけになり、胸板を何度も上下させた。

「負けたんですか、俺」

「いや、勝った」

川井が口を利《き》いたのは、かなり時間が経ってからだ。それから、私はさらに煙草を二本喫った。川井が、ようやく上体だけ起こした。

「俺の仕事は終りだ、川井」

「なんで、俺に」

「やりたかったからやった。それだけさ」

川井は、膝を抱えてしばらく黙っていた。

「俺と村木が、なぜ殴り合いをしたのか、一度も訊きませんね、浅生さん」

「どうでもいいんだ、そんなことは」

「つまんないことなんです」

「聞きたくないな」

「そうですか」

「それより、俺の踵落としが決まった」

言って、川井には見る余裕などあったはずもない、と私は思った。

それでも、私の踵落としは決まった。

「もういいんだ。躰が楽になったら、帰ろうか。初台まで車で送ってやる」

病院に運ぶほどのことはなさそうだった。

面白い仕事だった。面白いものは、やはり金にはならない。私は、川井の肩を叩いて、腰をあげた。川井は、支えてやらなければ、まともに立つこともできなかった。

解　説

西上心太

「詩を書いていた」

「なにを？」

「詩さ。街に詩をかいていたら、こんな顔になっちまった。抒情的なやつじゃなく、かなりシュールなやつさ」（第二章「街の詩」より）

街に詩を書く私立探偵・浅生が登場するハードボイルド連作集である。

主人公の浅生は三十歳過ぎの独り者だ。一流商社に入社し、それなりの成績を残していたのだが、二十五歳のころ「自分が少しずつ死んでいく」のを感じはじめる。それから五年、組織に属したことが原因の〈緩慢な死〉が、ついに自分を捉えたことに気づいた浅生は、会社を辞め、一般社会からドロップアウトすることを決意した。そして方便《たつき》の道として選んだ職業が私立探偵だった。

浅生には商社マン時代からつきあっていた令子という女がいる。令子が自分とつきあうのは、別れた男の代用品にすぎないことを浅生は承知していた。商社マンというブランドがなくなった時、令子は自分の元を去るであろうと思っていた。しかしなぜか私立探偵になっても令子は別れようとはせず、ときおり浅生の事務所兼用の塒《ねぐら》を訪れ、甲斐甲斐しく世話を焼く。決して一緒に住もうと思わず、結婚という言葉も二人の間にはない。

そして私立探偵になってからのある日、浅生は令子に「詩を書くように生きはじめた」と言われたのである。どうやら浅生はこの言い回しが気に入ったらしい。身分を隠す時は詩人と自称したり、随所で次のような台詞を口にする。

「私は街の中に、物語ではなく、詩を見つけたがっているのだ。いや、自分の生に、と言った方がいいかもしれない。抒情的なもの、という意味ではない。言葉を切り詰め、ほとんど感性だけをむき出しにした表現。そんな生き方をしようとしている」

「感性だけをむき出しにした表現」とは、あり体に言えば肉体の痛みであろうか。浅生は依頼の内容によっては調査の過程でわざと殴られるように仕向けて、依頼主から危険手当の割増しを受けるような姑息な手段を使う。かと思えば「男を見る時、いつも自分を重ね合わし」てしまい、「街の詩」では、地上げでのし上がろうとする若者が発するまぶしい輝き——自分が失ってしまったもの——を目の当たりにすると、一銭にもならない闘いを挑む。令子に「馬鹿馬鹿しいほどの若さっていうのが、羨ましいんじゃない？」（「踵落とし」）と揶揄される所以であろう。

都会に蠢《うごめ》くちっぽけな人間の間に分け入り、ケチな事件に関わる、自分を「大人のゴミ」と自嘲する男。私立探偵の浅生とはそういう人間である。

いっそう〈シンプル〉になっていくな。それが本書を読んだ時の第一印象だった。

人間齢を重ねると、心には世間擦れした分別が、そして身体には贅肉が付着する。だが北方謙三のハードボイルド小説には、試合直前のボクサーの肉体のように、一切の無駄がないしなやかさがある。それは北方のデビュー当時から何ら変わりがないことなのであるが、北方は年齢とキャリアを積み重ねても、説教めいた臭いを放ったり、余分な夾雑物《きょうざつ》を作品に取り入れるような愚かな行為とは無縁である。むしろ、これまでのハードボイルド小説の軛《くびき》衡から抜け出した、独自のスタンスを確立しつつあるように思う。

ではその北方のスタンスとは何か。それを述べる前にざっとハードボイルドの歴史を振り返ってみよう。

『日本ミステリー事典』によれば〈ハードボイルド〉の定義は以下のように記されている。

〈一九二〇年に創刊されたアメリカの「ブラック・マスク」誌を母胎とし、ハメットによって確立された。従来の思索型の探偵に対して、行動派探偵小説と当初は和訳されたものだ。本来は「固ゆで卵」の意だが、「非情な」という意味で用いられ、多くは私立探偵を職業とするタフな主人公が活躍する。ハメットにチャンドラー、ロス・マクドナルドを加えて、評論家アンソニー・バウチャーは正統ハードボイルド御三家と称えた。これらの主人公は現代に近づくほど内省的となり、小鷹信光のいう七〇年代以降のネオ・ハードボイルドにつながる〉

H・H・ホームズ名義で本格ミステリーを著したこともあるアンソニー・バウチャーは、わが国の江戸川乱歩のような存在といってもいいだろう。現在も年に一度開かれているミステリー界最大のコンベンションであるバウチャーコンは、彼の功績を称えて名づけられたものであるし、開催中にはアンソニー賞という年度優秀ミステリー作品の発表も行われている。

さてバウチャーの言に源を発する〈正統ハードボイルド御三家〉という言葉は実に便利に用いられてきた。だがダシール・ハメット、レイモンド・チャンドラー、ロス・マクドナルドという資質の違う作家を時代順に並べて一つに括ったところにやや無理があるように思う（ちなみにハメットよりチャンドラーの方が年齢は上だが、活躍時期がハメットの方が早いのである）。

ハメットが完成したハードボイルドのスタイルは、三人称一視点を多用し、主人公の行動のみを描き、一切の内面描写を排除したところにあった。必然的にハメットの小説は湿ったところがなく即物的で乾いた印象が強い。

ところがチャンドラーは私立探偵フィリップ・マーロウが登場するすべての長編で一人称一視点を使用した。そのためマーロウのモノローグの形で彼の内面描写が詳述され、チャンドラー独特のメロウな文体と相まって、強い抒情性を感じさせる、ハメットと正反対のハードボイルドを確立したのである。もっとも、ハードボイルド原理主義的な観点からすれば、「ハメットと正反対のハードボイルド」という表現自体が撞着であるが。

デビュー当時はチャンドラーの亜流にすぎなかったロス・マクドナルドは五十年代後半から目を見張る変貌を遂げていった。卑しい街を歩む高貴な騎士に譬《たと》えられたマーロウに対し、リュー・アーチャーは社会の矛盾をすべて背負った、夢を持たないヒーローだった。アーチャーは巧みな隠喩や直喩を多用しながらも、社会を観察し記録するカメラの役割に徹し、家庭の崩壊と父権の失墜というテーマと共に、物質文明への嫌悪感に裏打ちされた現代社会の病巣を明らかにしていった。

ロス・マクドナルドの出現以降、現代社会が抱える諸問題を前面に打ち出す作品が増えてきた。それらの作品群が〈小鷹信光のいう七〇年代以降のネオ・ハードボイルド〉である。ネオ・ハードボイルドの作品が生まれた背景には、公民権運動やベトナム反戦運動という政治的な活動と、ヒッピーやビートニックというアングラ文化の混淆があった。ネオ・ハードボイルドの作家たちはこの時代の自由な雰囲気と、やがて到来したこれら反体制運動の瓦解という挫折を経験した者たちであった。そのためか、彼らが描いたヒーローの多くは、かつてのタフなヒーローたちとは打って変わって、肉体的、精神的にハンデを負った人間であった。

そして社会的なテーマが顕著になるとともに、主人公たちの生身の人間臭さも前面に押し出されるようになっていった。主人公たちの私生活が色濃く描かれ、それと同時に彼らの特質が事件を照射していく。それがネオ・ハードボイルド作品の特徴だった。

ジェレマイア・ヒーリイ、ローレンス・ブロック、アンドリュー・ヴァクス、マイクル・コナリーといったポスト・ネオ・ハードボイルドと呼ぶべき現代の作家の作品は、ヒーローの私生活や内面の描写がさらに濃密になると同時に、彼らが扱う事件が探偵個人に及ぼす影響がより強くなってきているのが大きな特徴だ。事件の解決までのプロセスを通じて、現代社会の病巣が浮かび上がるのだが、その病理がヒーローたちが抱く問題意識とぶつかり合い、その影響がヒーローたちにフィードバックされていくのだ。この度合がネオ・ハードボイルドの時代より、一層強くなっている。しかし、ヒーロー像は揺り戻し現象なのか、再びタフなヒーローに戻っている点に注目したい。

まとめれば、ヒーローのタフさ加減は時代によって揺れ動き、内面描写と社会にコミットしていく姿勢は時代が下るにつれ強くなっているというのが、アメリカのハードボイルドを総覧しての私見である。

日本のハードボイルドは、饒舌なタイプ——乱暴に言い切ってしまえばチャンドラータイプの作品が多かったように思う。しかし北方はハメットに近いアプローチを試みているように思える。本書は浅生の一人称であるが、浅生の心象風景は最小限に押さえられており、ドロップアウトした真の原因や、令子を思う気持ち、あるいは私立探偵を続ける理由などはほとんど描かれていない。あくまで冒頭に掲げた浅生と令子の会話のように、韜晦《とうかい》された形で読者の前に提示されるのである。またこれまでの北方作品になくてはならない肉体が軋む格闘シーンをとっても、浅生の場合はその痛みを通して自分が生きていることを確認するための行為に過ぎないように思える。

さらに現代社会の病巣を組み込んだプロットや、強大な権力との闘いといったような、これまでのハードボイルドのある種の型とは無縁で、先に述べたように市井のゴミのような事件ばかりを扱っているのだ。

ところが、北方の小説は直接的な描写は少ないけれど、ケチな事件の裏側から普遍的な真理が、そして内面心理を省いた向こう側から、くっきりとした人間像が浮かび上がってくるのである。しかも硬質な文体を用いながらも、行間から豊潤な香気が立上るのだ。

大仰なプロットを用意しなくても、また作者自身が酔ってしまったようなひとりよがりな多弁を労しなくても、現代に通用するハードボイルドは書ける——おそらく北方にはこのような思いがあるのではないだろうか。

語られぬ内面を忖度《そんたく》し、描かれぬ行間に酔う。それが北方謙三のハードボイルドを読む楽しみである。

ハメットというハードボイルドの原点を見据えながら、ハメットが為し得なかった、そこはかとない詩情で物語全体を包み込む。北方謙三こそ現代ハードボイルドの名匠《マイスター》である。

集英社文庫　目録（日本文学）

川西蘭　林檎の樹の下で
川西蘭　バリエーション
川西蘭　ひかる汗
川端康成　伊豆の踊子
川村湊・他選　ソウル・ソウル・ソウル
菊地秀行　柳生刑部秘剣行
岸田秀／町沢静夫　自分のこころをどう探るか　自己分析と他者分析
北杜夫　船乗りクプクプの冒険
北杜夫　マンボウぱじゃま対談
北杜夫　人工の星
北杜夫　マブゼ共和国建国由来記
北方謙三　逃がれの街
北方謙三　弔鐘はるかなり
北方謙三　第二誕生日
北方謙三　眠りなき夜
北方謙三　俺たちと唄おう！

北方謙三　逢うには、遠すぎる
北方謙三　檻
北方謙三　あれは幻の旗だったのか
北方謙三　夜よおまえは
北方謙三　渇きの街
北方謙三　ふるえる爪
北方謙三　牙
北方謙三　夜が傷つけた
北方謙三　危険な夏―挑戦Ⅰ
北方謙三　冬の狼―挑戦Ⅱ
北方謙三　風の聖衣―挑戦Ⅲ
北方謙三　風群の荒野―挑戦Ⅳ
北方謙三　いつか友よ―挑戦Ⅴ
北方謙三　愚者の街
北方謙三　愛しき女たちへ
北方謙三　傷痕　老犬シリーズⅠ

北方謙三　風葬　老犬シリーズⅡ
北方謙三　望郷　老犬シリーズⅢ
北方謙三　破軍の星
北方謙三　群青　神尾シリーズⅠ
北方謙三　灼光　神尾シリーズⅡ
北方謙三　炎天　神尾シリーズⅢ
北方謙三　流塵　神尾シリーズⅣ
北方謙三　林蔵の貌《かお》(上)(下)
北方謙三　そして彼が死んだ
北方謙三　波《は》王《おう》の秋《とき》
北方謙三　明るい街へ
北方謙三　彼が狼だった日
北方謙三　罅《ひび》・街《まち》の詩《うた》
北上次郎　冒険小説の時代
北原照久・選　ブリキおもちゃ博物館
きたやまおさむ　他人のままで

集英社文庫 目録(日本文学)

集英社文庫 目録（日本文学）

邦光史郎 利休と秀吉
国谷誠朗 孤独よ、さようなら ―母親離れの心理学
熊井明子 私の猫がいない日々
熊谷達也 ウエンカムイの爪
栗本薫 シルクロードのシ
黒井千次 使うべき日
黒井千次 走る家族
黒井千次 時の鎖
黒岩重吾 幻への疾走
黒岩重吾 夕陽ホテル
黒岩重吾 紅ある流星
黒岩重吾 飢えた渦
黒岩重吾 影に棲む蛇
黒岩重吾 どかんたれ人生
黒岩重吾 夜の挨拶
黒岩重吾 闇の肌

黒岩重吾 闇の航跡
黒岩重吾 翳りある座席
黒岩重吾 太陽の素顔
黒岩重吾 茜雲の渦
黒岩重吾 深海パーティ
黒岩重吾 終着駅の女
黒岩重吾 女の太陽(Ⅰ)茜色の章
黒岩重吾 女の太陽(Ⅱ)孤翳の章
黒岩重吾 女の太陽(Ⅲ)花愁の章
黒岩重吾 闇を走れ
黒岩重吾 黒い夕陽
黒岩重吾 夜の聖書
黒岩重吾 さらば星座 第一部(上)
黒岩重吾 さらば星座 第一部(中)
黒岩重吾 さらば星座 第一部(下)
黒岩重吾 さらば星座 第二部①

黒岩重吾 さらば星座 第二部②
黒岩重吾 さらば星座 第二部③
黒岩重吾 さらば星座 第三部①
黒岩重吾 さらば星座 第三部②
黒岩重吾 さらば星座 第三部③
黒岩重吾 砂漠の太陽
黒岩重吾 夜の湖
黒岩重吾 雲の鎖
黒岩重吾 さらば星座 第四部(上)
黒岩重吾 さらば星座 第四部(下)
黒岩重吾 さらば星座 第五部(上)
黒岩重吾 さらば星座 第五部(下)
黒岩重吾 女の氷河（上・下）
黒岩重吾 新編 とうがらしの夢
桑田佳祐 ケースケランド
桑原一世 クロス・ロード

集英社文庫

皹《ひび》・街《まち》の詩《うた》

2001年4月25日　第1刷

定価はカバーに表示してあります。

著　者　北《きた》　方《かた》　謙《けん》　三《ぞう》

発行者　谷　山　尚　義

発行所　株式会社　集　英　社

東京都千代田区一ツ橋2−5−10
〒101-8050

電話　03（3230）6095（編集）
　　　03（3230）6393（販売）
　　　03（3230）6080（制作）

印　刷　株式会社 廣済堂

製　本　株式会社 廣済堂

Printed in Japan

ISBN4-08-747308-2 C0193